藏書

珍藏版

唐詩宋詞元曲

选编

肆

于立文 主编　李金龙 编

辽海出版社

岑参诗集（续）

轮台即事

轮台风物异，地是古单于。

三月无青草，千家尽白榆。

蕃书文字别，胡俗语音殊。

愁见流沙北，天西海一隅。

巴南舟中思陆浑别业

泸水南州远，巴山北客稀。

岭云撩乱起，溪鹭等闲飞。

镜里愁衰鬓，舟中换旅衣。

梦魂知忆处，无夜不先归。

晚发五渡

客厌巴南地，乡邻剑北天。

江村片雨外，野寺夕阳边。

芋叶藏山径，芦花杂渚田。

舟行未可住，乘月且须牵。

巴南舟中夜市

渡口欲黄昏，归人争渡喧。

近钟清野寺，远火点江村。

见雁思乡信，闻猿积泪痕。

孤舟万里外，秋月不堪论。

江上春叹

腊月江上暖，南桥新柳枝。

春风触处到，忆得故园时。

终日不如意，出门何所之。

从人觅颜色，自笑弱男儿。

初至犍为作

山色轩槛内，滩声枕席间。

草生公府静，花落讼庭闲。

云雨连三峡，风尘接百蛮。

到来能几日，不觉鬓毛斑。

使院中新栽柏树子呈李十五栖筠

爱尔青青色，移根此地来。

不曾台上种，留向碛中栽。

脆叶欺门柳，狂花笑院梅。

不须愁岁晚，霜露岂能摧。

临洮龙兴寺玄上人院同咏青木香丛

移根自远方，种得在僧房。

六月花新吐，三春叶已长。

抽茎高锡杖，引影到绳床。

只为能除疾，倾心向药王。

成王挽歌

幽山悲旧桂，长坂怆馀兰。

地底孤灯冷，泉中一镜寒。

铭旌门客送，骑吹路人看。

漫作琉璃碗，淮王误合丹。

河西太守杜公挽歌四首

蒙叟悲藏壑，殷宗惜济川。

长安非旧日，京兆是新阡。

黄霸官犹屈，苍生望已慜。

唯馀卿月在，留向杜陵悬。

鼓角城中出，坟茔郭外新。

雨随思太守，云从送夫人。

蒿里埋双剑，松门闭万春。

回瞻北堂上，金印已生尘。

忆昨明光殿，新承天子恩。

剖符移北地，授钺恋西门。

塞草迎军幕，边云拂使轩。

至今闻陇外，戎虏尚亡魂。

漫漫澄波阔，沈沈大厦深。

秉心常匪席，行义每挥金。

汲引窥兰室，招携入翰林。

多君有令子，犹注世人心。

故河南尹岐国公赠工部尚书苏公挽歌二首

河尹恩荣旧，尚书宠赠新。

一门传画戟，几世驾朱轮。

夜色何时晓，泉台不复春。

唯馀朝服在，金印已生尘。

白日电泉户，青春掩夜台。

旧堂阶草长，空院砌花开。

山晚铭旌去，郊寒骑吹回。

三川难可见，应惜庾公才。

西河郡太原守张夫人挽歌

鹊印堑仍传，鱼轩宠莫先。

从夫元凯贵，训子孟轲贤。

龙是双归日，鸾非独舞年。

哀容今共尽，凄怆杜陵田。

南溪别业

结宇依青嶂，开轩对翠畴。

树交花两色，溪合水重流。

竹径春来扫，兰樽夜不收。

逍遥自得意，鼓腹醉中游。

和祠部王员外雪后早朝即事

长安雪后似春归，积素凝华连曙晖。

色借玉珂迷晓骑，光添银烛晃朝衣。

西山落月临天仗，北阙晴云捧禁闱。

闻道仙郎歌白雪，由来此曲和人稀。

奉和相公发益昌

相国临戎别帝京，拥麾持节远横行。

朝登剑阁云随马，夜渡巴江雨洗兵。

山花万朵迎征盖，川柳千条拂去旌。

暂到蜀城应计日，须知明主待持衡。

秋夕读书幽兴献兵部李侍郎

年纪蹉跎四十强，自怜头自始为郎。

雨滋苔藓侵阶绿，秋飒梧桐覆井黄。

惊蝉也解求高树，旅雁还应厌后行。

览卷试穿邻舍壁，明灯何惜借馀光。

九日使君席奉饯卫中丞赴长水

节使横行西出师，鸣弓摆甲羽林儿。

台上霜风凌草木，军中杀气傍旌旗。

预知汉将宜威日，正是胡尘欲灭时。

为报使君多泛菊，更将弦管醉东篱。

首春渭西郊行呈蓝田张二主簿

回风度雨渭城西，细草新花踏作泥。

秦女峰头雪未尽，胡公陂上日初低。

愁窥白发羞微禄，悔别青山忆旧溪。

闻道辋川多胜事，玉壶春酒正堪携。

酬畅当嵩山寻麻道士见寄

闻逐樵夫闲看棋，忽逢人世是秦时。

开云种玉嫌山浅，渡海传书怪鹤迟。

阴洞石幢微有字，古坛松树半无枝。

烦君远示青囊录，愿得相从一问师。

送卢郎中除杭州赴任

罢起郎官草，初分刺史符。

海云迎过楚，江月引归吴。

城底涛声震，楼端蜃气孤。

千家窥驿舫，五马饮春湖。

柳色供诗用，莺声送酒须。

知君望乡处，枉道上姑苏。

奉送李宾客荆南迎亲

迎亲辞旧苑，恩诏下储闱。

昨见双鱼去，今看驷马归。

驿帆湘水阔，客舍楚山稀。

手把黄香扇，身披莱子衣。

鹊随金印喜，乌傍板舆飞。

胜作东征赋，还家满路辉。

送严维下第还江东

勿叹今不第，似君殊未迟。

且归沧洲去，相送青门时。

望鸟指乡远，问人愁路疑。

敝裘沾暮雪，归棹带流澌。

严子滩复在，谢公文可追。

江皋如有信，莫不寄新诗。

饯王岑判官赴襄阳道

故人汉阳使，走马向南荆。

不厌楚山路，祇怜襄水清。

津头习氏宅，江上夫人城。

夜入橘花宿，朝穿桐叶行。

害群应自慑，持法固须平。

暂得青门醉，斜光速去程。

送薛弁归河东

薛侯故乡处，五老峰西头。

归路秦树灭，到乡河水流。

看君马首去，满耳蝉声愁。

献赋今未售，读书凡几秋。

应过伯夷庙，为上关城楼。

楼上能相忆，西南指雍州。

送薛播擢第归河东

归去新战胜，盛名人共闻。

乡连渭川树，家近条山云。

夫子能好学，圣朝全用文。

弟兄负世誉，词赋超人群。

雨气醒别酒，城阴低暮曛。

遥知出关后，更有一终军。

送陶铣弃举荆南觐省

明时不爱璧，浪迹东南游。

何必世人识，知君轻五侯。

采兰度汉水，问绢过荆州。

异国有归兴，去乡无客愁。

天寒楚塞雨，月净襄阳秋。

坐见吾道远，令人看白头。

送史司马赴崔相公幕

峥嵘丞相府，清切凤皇池。

羡尔瑶台鹤，高栖琼树枝。

归飞晴日好，吟弄惠风吹。

正有乘轩乐，初当学舞时。

珍禽在罗网，微命若游丝。

愿托周南羽，相衔溪水湄。

送严黄门拜御史大夫再镇蜀川兼觐省

授钺辞金殿，承恩恋玉墀。

登坛汉主用，讲德蜀人思。

副相韩安国，黄门向子期。

刀州重入梦，剑阁再题词。

春草连青绶，晴花间赤旗。

山莺朝送酒，江月夜供诗。

许国分忧日，荣亲色养时。

苍生望已久，来去不应迟。

灭胡曲

都护新灭胡，士马气亦粗。

萧条虏尘净，突兀天山孤。

尚书念旧垂赐袍衣率题绝句献上以申感谢

富贵情还在，相逢岂间然。

绨袍更有赠，犹荷故人怜。

忆长安曲二章寄庞㴞

东望望长安，正值日初出。

长安不可见，喜见长安日。

长安何处在，只在马蹄下。

明日归长安，为君急走马。

寄韩樽

夫子素多疾，别来未得书。

北庭苦寒地，体内今何如。

醉里送裴子赴镇西

醉后未能别，待醒方送君。

看君走马去，直上天山云。

题井陉双溪李道士所居

五粒松花酒，双溪道士家。

唯求缩却地，乡路莫教赊。

题三会寺苍颉造字台

野寺荒台晚，寒天古木悲。

空阶有鸟迹，犹似造书时。

日没贺延碛作

沙上见日出，沙上见日没。

悔向万里来，功名是何物。

西过渭州见渭水思秦川

渭水东流去，何时到雍州。

凭添两行泪，寄向故园流。

经陇头分水

陇水何年有，潺潺逼路傍。

东西流不歇，曾断几人肠。

秋思

那知芳岁晚，坐见寒叶堕。

吾不如腐草，翻飞作萤火。

行军九日思长安故园时未收长安

强欲登高去，无人送酒来。

遥怜故园菊，应傍战场开。

戏题关门

来亦一布衣，去亦一布衣。

羞见关城吏，还从旧路归。

叹白发

白发生偏速，交人不奈何。

今朝两鬓上，更较数茎多。

题平阳郡汾桥边柳树参曾居此郡八九年

此地曾居住，今来宛似归。

可怜汾上柳，相见也依依。

失题

帝乡北近日，泸口南连蛮。

何当遇长房，缩地到京关。

献封大夫破播仙凯歌六首

汉将承恩西破戎，捷书先奏未央宫。

太子预开麟阁待，祇今谁数贰师功。

官军西出过楼兰，营幕傍临月窟寒。

蒲海晓霜凝马尾，葱山夜雪扑旌竿。

鸣笳叠鼓拥回军，破国平蕃昔未闻。

丈夫鹊印摇边月，大将龙旗掣海云。

日落辕门鼓角鸣，千群面缚出蕃城。

洗兵鱼海云迎阵，秣马龙堆月照营。

蕃军遥见汉家营，满谷连山遍哭声。

万箭千刀一夜杀，平明流血浸空城。

暮雨旌旗湿未干，胡烟白草日光寒。

昨夜将军连晓战，蕃军只见马空鞍。

春兴戏题赠李侯

黄雀始欲衔花来，看家种桃花未开。

长安二月眼看尽，寄报春风早为催。

过燕支寄杜位

燕支山西酒泉道，北风吹沙卷白草。

长安遥在日光边，忆君不见令人老。

题苜蓿峰寄家人

苜蓿峰边逢立春，胡芦河上泪沾巾。

闺中只是空相忆，不见沙场愁杀人。

玉关寄长安李主簿

东去长安万里馀，故人何惜一行书。

玉关西望堪肠断，况复明朝是岁除。

武威送刘判官赴碛西行军

火山五月行人少，看君马去疾如鸟。

都护行营太白西，角声一动胡天晓。

送李明府赴睦州便拜觐太夫人

手把铜章望海云，夫人江上泣罗裙。

严滩一点舟中月，万里烟波也梦君。

奉送贾侍御使江外

新骑骢马复承恩，使出金陵过海门。

荆南渭北难相见，莫惜衫襟著酒痕。

崔仓曹席上送殷寅充石相判官赴淮南

清淮无底绿江深，宿处津亭枫树林。

骊马欲辞丞相府，一樽须尽故人心。

送崔子还京

匹马西从天外归，扬鞭只共鸟争飞。

送君九月交河北，雪里题诗泪满衣。

酒泉太守席上醉后作

酒泉太守能剑舞，高堂置酒夜击鼓。

胡笳一曲断人肠，座上相看泪如雨。

题观楼

荒楼荒井闭空山，关令乘云去不还。

羽盖霓旌何处在，空留药臼向人间。

草堂村寻罗生不遇

数株溪柳色依依，深巷斜阳暮鸟飞。

门前雪满无人迹，应是先生出未归。

山房春事二首

风恬日暖荡春光，戏蝶游蜂乱入房。

数枝门柳低衣璧，一片山花落笔床。

梁园日暮乱飞鸦，极目萧条三两家。

庭树不知人去尽，春来还发旧时花。

逢入京使

故园东望路漫漫，双袖龙钟泪不干。

马上相逢无纸笔，凭君传语报平安。

过碛

黄沙碛里客行迷，四望云天直下低。

为言地尽天还尽，行到安西更向西。

碛中作

走马西来欲到天，辞家见月两回圆。

今夜不知何处宿，平沙万里绝人烟。

赴北庭度陇思家

西向轮台万里馀，也知乡信日应疏。

陇山鹦鹉能言语，为报家人数寄书。

胡歌

黑姓蕃王貂鼠裘，葡萄宫锦醉缠头。

关西老将能苦战，七十行兵仍未休。

赵将军歌

九月天山风似刀，城南猎马缩寒毛。

将军纵博场场胜，赌得单于貂鼠袍。

醉戏窦子美人

朱唇一点桃花殷，宿妆娇羞偏髻鬟。

细看只似阳台女，醉著莫许归巫山。

秋夜闻笛

天门街西闻捣帛，一夜愁杀湘南客。

长安城中百万家，不知何人吹夜笛。

戏问花门酒家翁

老人七十仍沽酒，千壶百瓮花门口。

道傍榆荚仍似钱，摘来沽酒君肯否。

春梦

洞房昨夜春风起，故人尚隔湘江水。
枕上片时春梦中，行尽江南数千里。

冬夕

浩汗霜风刮天地，温泉火井无生意。
泽国龙蛇冻不伸，南山瘦柏消残翠。

杨炯诗集

　　杨炯，华阳人。幼聪敏傅学，善属文。年十一，学神童，授校书郎，为崇文论学主，迁后事司直。恃才简倨，人不容之。武后时，左转梓州司法参军。秩满，迁婺州盈川令。卒于宫。中宗即位，以旧僚赠著作郎。炯闻时人以四杰称，乃自言曰："吾愧在卢前，耻居王后。"张说曰："杨盈川文思如悬河注水，酌之不竭，既优于卢，亦不减王也。"有《盈川集》三十卷，今存诗一卷。

战城南

塞北途辽远，城南战苦辛。

幡旗如鸟翼，甲胄似鱼鳞。

冻水寒伤马，悲风愁杀人。

寸心明白日，千里暗黄尘。

送临津房少府

岐路三秋别，江津万里长。

烟霞驻征盖，弦奏促飞觞。

阶树含斜日，池风泛早凉。

赠言未终竟，流涕忽沾裳。

折杨柳

边地遥无极，征人去不还。

秋容凋翠羽，别泪损红颜。

望断流星驿，心驰明月关。

藁砧何处在，杨柳自堪攀。

有所思

贱妾留南楚，征夫向北燕。

三秋方一日，少别比千年。

不掩嚬红缕，无论数绿钱。

相思明月夜，迢递白云天。

梅花落

窗外一株梅，寒花五出开。

影随朝日远，香逐便风来。

泣对铜钩障，愁看玉镜台。

行人断消息，春恨几裴回。

骢马

骢马铁连钱，长安侠少年。

帝畿平若水，官路直如弦。

夜玉妆车轴，秋金铸马鞭。

风霜但自保，穷达任皇天。

出塞

塞外欲纷纭，雌雄犹未分。

明堂占气色，华盖辨星文。

二月河魁将，三千太乙军。

丈夫皆有志，会见立功勋。

从军行

烽火照西京，心中自不平。

牙璋辞凤阙，铁骑绕龙城。

雪暗凋旗画，风多杂鼓声。

宁为百夫长，胜作一书生。

刘生

卿家本六郡，年长入三秦。

白璧酬知己，黄金谢主人。

剑锋生赤电，马足起红尘。

日暮歌钟发，喧喧动四邻。

送丰城王少府

愁结乱如麻，长天照落霞。

离亭隐乔树，沟水浸平沙。

左尉才何屈，东关望渐赊。

行看转牛斗，持此报张华。

送郑州周司空

汉国临清渭，京城枕浊河。

居人下珠泪，宾御促骊歌。

望极关山远，秋深烟雾多。

唯馀三五夕，明月暂经过。

送粹州周司功

御沟一相送，征马屡盘桓。

言笑方无日，离忧独未宽。

举杯聊劝酒，破涕暂为欢。

别后风清夜，思君蜀路难。

送杨处士反初卜居曲江

雁门归去远，垂老脱袈裟。

萧寺休为客，曹溪便寄家。

绿琪千岁树，黄槿四时花。

别怨应无限，门前桂水斜。

途中

悠悠辞鼎邑，去去指金墉。

途路盈千里，山川亘百重。

风行常有地，云出本多峰。

郁郁园中柳，亭亭山上松。

客心殊不乐，乡泪独无从。

送刘校书从军

天将下三宫，星门召五戎。

坐谋资庙略，飞檄仗文雄。

赤土流星剑，乌号明月弓。

秋阴生蜀道，杀气绕湟中。

风雨何年别，琴尊此日同。

离亭不可望，沟水自西东。

游废视

青嶂倚丹田，荒凉数百年。

独知小山桂，尚识大罗天。

药败金炉火，苔昏玉女泉。

岁时无壁画，朝夕有阶烟。

花柳三春节，江山四望悬。

悠然出尘网，从此狎神仙。

和石侍御山庄

烟霞非俗宇，岩壑只幽居。

水浸何曾畎，荒郊不复锄。

影浓山树密，香浅泽花疏。

阔堑防斜径，平堤夹小渠。

莲房若个实，竹节几重虚。

萧然隔城市，酌醴焚枯鱼。

送李庶子致仕还洛

此地倾城日，由来供帐华。

亭逢李广骑，门接邵平瓜。

原野烟氛匝，关河游望赊。

白云断岩岫，绿草覆江沙。

诏赐扶阳宅，人荣御史车。

灞池一相送，流涕向烟霞。

早行

敞朗东方彻，阑干北斗斜。

地气俄成雾，天云渐作霞。

河流才辨马，岩路不容车。

阡陌经三岁，闾阎对五家。

露文沾细草，风影转高花。

日月从来惜，关山犹自赊。

和崔司空伤姬人

昔时南浦别，鹤怨宝琴弦。

今日东方至，鸾销珠镜前。

水流衔砌咽，月影向窗悬。

妆匣凄馀粉，熏炉灭旧烟。

晚庭摧玉树，寒帐委金莲。

佳人不再得，云日几千年。

和骞右丞省中暮望

故事闲台阁，仙门蔼已深。

旧章窥复道，云幌肃重阴。

玄律葭灰变，青阳斗柄临。

年光摇树色，春气绕兰心。

风响高窗度，流痕曲岸侵。

天门总枢辖，人镜辨衣簪。

日暮南宫静，瑶华振雅音。

巫峡

三峡七百里，唯言巫峡长。

重岩窅不极，叠嶂凌苍苍。

绝壁横天险，莓苔烂锦章。

入夜分明见，无风波浪狂。

忠信吾所蹈，泛舟亦何伤。

可以涉砥柱，可以浮吕梁。

美人今何在，灵芝徒有芳。

山空夜猿啸，征客泪沾裳。

和酬虢州李司法

唇齿标形胜，关河壮邑居。

寒山抵方伯，秋水面鸿胪。

君子从游宦，忘情任卷舒。

风霜下刀笔，轩盖拥门闾。

平野芸黄遍，长洲鸿雁初。

菊花宜泛酒，浦叶好裁书。

昔我芝兰契，悠然云雨疏。

非君重千里，谁肯惠双鱼。

和郑雠校内省眺瞩思乡怀友

铜门初下辟，石馆始沉研。

游雾千金字，飞云五色笺。

楼台横紫极，城阙俯青田。

暄入瑶房里，春回玉宇前。

霞文埋落照，风物澹归烟。

翰墨三馀隙，关山四望悬。

颓峰暧酌羽，流水旷鸣弦。

虽欣承白雪，终恨隔青天。

广溪峡

广溪三峡首，旷望兼川陆。

山路绕羊肠，江城镇鱼腹。

乔林百丈偃，飞水千寻瀑。

惊浪回高天，盘涡转深谷。

汉氏昔云季，中原争逐鹿。

天下有英雄，襄阳有龙伏。

常山集军旅，永安兴版筑。

池台忽已倾，邦家遽沦覆。

庸才若刘禅，忠佐为心腹。

设险犹可存，当无贾生哭。

和刘侍郎入隆唐观

福地阴阳合，仙都日月开。

山川临四险，城树隐三台。

伏槛排云出，飞轩绕涧回。

参差凌倒影，潇洒轶浮埃。

百果珠为实，群峰锦作苔。

悬萝暗疑雾，瀑布响成雷。

方士烧丹液，真人泛玉杯。

还如问桃水，更似得蓬莱。

汉帝求仙日，相如作赋才。

自然金石奏，何必上天台。

和辅先入昊天观星瞻

遁甲爱皇里，星占太乙宫。

天门开奕奕，佳气郁葱葱。

碧落三乾外，黄图四海中。

邑居环若水，城阙抵新丰。

玉槛昆仑侧，金枢地轴东。

上真朝北斗，元始咏南风。

汉君祠五帝，淮王礼八公。

道书编竹简，灵液灌梧桐。

草茂琼阶绿，花繁宝树红。

石楼纷似画，地镜森如空。

桑海年应积，桃源路不穷。

黄轩若有问，三月住崆峒。

西陵峡

绝壁耸万仞，长波射千里。

盘薄荆之门，滔滔南国纪。

楚都昔全盛，高丘烜望祀。

秦兵一旦侵，夷陵火潜起。

四维不复设，关塞良难恃。

洞庭且忽焉，孟门终已矣。

自古天地辟，流为峡中水。

行旅相赠言，风涛无极已。

及余践斯地，瑰奇信为美。

江山若有灵，千载伸知己。

和刘长史答十九兄

帝尧平百姓，高祖宅三秦。

子弟分河岳，衣冠动缙绅。

盛名恒不陨，历代几相因。

街巷涂山曲，门闾洛水滨。

五龙金作友，一子玉为人。

宝剑丰城气，明珠魏国珍。

风标自落落，文质且彬彬。

共许刁元亮，同推周伯仁。

石城俯天阙，钟阜对江津。

骥足方遒骋，狼心独未驯。

鼓鼙鸣九域，风火集重闉。

城势馀三板，兵威乏四邻。

居然混玉石，直置保松筠。

耿介酬天子，危言数贼臣。

钟仪琴未奏，苏武节犹新。

受禄宁辞死，扬名不顾身。

精诚动天地，忠义感明神。

怪鸟俄垂翼，修蛇竟暴鳞。

来朝拜休命，述职下梁岷。

善政驰金马，嘉声绕玉轮。

三荆忽有赠，四海更相亲。

宫徵谐鸣石，光辉掩烛银。

山川遥满目，零露坐沾巾。

友爱光天下，恩波浃后尘。

懦夫仰高节，下里继阳春。

张谓诗集

张谓，字正言，河南人。天宝二年登进士第，乾元中为尚书郎，大历间官至礼部侍郎，三典贡举。其诗诗风清正，多饮宴送别之作。代表作有《早梅》、《邵陵作》、《送裴侍御归上都》等，其中以《早梅》为最著名，《唐诗三百首》各选本多有辑录。"不知近水花先发，疑是经冬雪未消"，疑白梅作雪，写得很有新意，趣味盎然。诗一卷（全唐诗上卷第一百九十七）。

读后汉逸人传二首

子陵没已久，读史思其贤。
谁谓颍阳人，千秋如比肩。
尝闻汉皇帝，曾是旷周旋。
名位苟无心，对君犹可眠。
东过富春渚，乐此佳山川。
夜卧松下月，朝看江上烟。
钓时如有待，钓罢应忘筌。

生事在林壑，悠悠经暮年。

于今七里濑，遗迹尚依然。

高台竟寂寞，流水空潺湲。

庞公南郡人，家在襄阳里。

何处偏来往，襄阳东陂是。

誓将业田种，终得保妻子。

何言二千石，乃欲劝吾仕。

鹳鹊巢茂林，鼋鼍穴深水。

万物从所欲，吾心亦如此。

不见鹿门山，朝朝白云起。

采药复采樵，优游终暮齿。

同孙构免官后登蓟楼

昔在五陵时，年少心亦壮。

尝矜有奇骨，必是封侯相。

东走到营州，投身似边将。

一朝去乡国，十载履亭障。

部曲皆武夫，功成不相让。

犹希虏尘动，更取林胡帐。

去年大将军，忽负乐生谤。

北别伤士卒，南迁死炎瘴。

濩落悲无成，行登蓟丘上。

长安三千里，日夕西南望。

寒沙榆塞没，秋水滦河涨。

策马从此辞，云山保闲放。

代北州老翁答

负薪老翁往北州，北望乡关生客愁。

自言老翁有三子，两人已向黄沙死。

如今小儿新长成，明年闻道又征兵。

定知此别必零落，不及相随同死生。

尽将田宅借邻伍，且复伶俜去乡土。

在生本求多子孙，及有谁知更辛苦。

近传天子尊武臣，强兵直欲静胡尘。

安边自合有长策，何必流离中国人。

湖上对酒行

夜坐不厌湖上月，昼行不厌湖上山。

眼前一尊又长满，心中万事如等闲。

主人有黍百馀石，浊醪数斗应不惜。

即今相对不尽欢，别后相思复何益。

茱萸湾头归路赊，愿君且宿黄公家。

风光若此人不醉，参差辜负东园花。

赠乔琳

去年上策不见收，今年寄食仍淹留。

羡君有酒能便醉，羡君无钱能不忧。

如今五侯不爱客，羡君不问五侯宅。

如今七贵方自尊，羡君不过七贵门。

丈夫会应有知己，世上悠悠何足论。

寄李侍御

柱下闻周史，书中慰越吟。

近看三岁字，遥见百年心。

价以吹嘘长，恩从顾盼深。

不栽桃李树，何日得成阴。

送青龙一公

事佛轻金印，勤王度玉关。

不知从树下，还肯到人间。

楚水青莲净，吴门白日闲。

圣朝须助理，绝莫爱东山。

送韦侍御赴上都

天朝辟书下，风宪取才难。

更谒麒麟殿，重簪獬豸冠。

月明湘水夜，霜重桂林寒。

别后头堪白，时时镜里看。

饯田尚书还兖州

忠义三朝许，威名四海闻。

更乘归鲁诏，犹忆破胡勋。

别路逢霜雨，行营对雪云。

明朝郭门外，长揖大将军。

送杜侍御赴上都

避马台中贵，登车岭外遥。

还因贡赋礼，来谒大明朝。

地入商山路，乡连渭水桥。

承恩返南越，尊酒重相邀。

道林寺送莫侍御

何处堪留客，香林隔翠微。

薜萝通驿骑，山竹挂朝衣。

霜引台乌集，风惊塔雁飞。

饮茶胜饮酒，聊以送将归。

别睢阳故人

少小客游梁，依然似故乡。

城池经战阵，人物恨存亡。
夏雨桑条绿，秋风麦穗黄。
有书无寄处，相送一沾裳。

郡南亭子宴

亭子春城外，朱门向绿林。
柳枝经雨重，松色带烟深。
漉酒迎山客，穿池集水禽。
白云常在眼，聊足慰人心。

夜同宴，用人字

北斗回新岁，东园值早春。
竹风能醒酒，花月解留人。
邑宰陶元亮，山家郑子真。
平生颇同道，相见日相亲。

过从弟制疑官舍竹斋

羡尔方为吏，衡门独晏如。

野猿偷纸笔，山鸟污图书。

竹里藏公事，花间隐使车。

不妨垂钓坐，时脍小江鱼。

扬州雨中张十七宅观妓

夜色带寒烟，灯花拂更然。

残妆添石黛，艳舞落金钿。

掩笑须敧扇，迎歌乍动弦。

不知巫峡雨，何事海西边。

登金陵临江驿楼

古戍依重险，高楼见五梁。

山根盘驿道，河水浸城墙。

庭树巢鹦鹉，园花隐麝香。

忽然江浦上，忆作捕鱼郎。

同王征君湘中有怀

八月洞庭秋，潇湘水北流。

还家万里梦，为客五更愁。

不用开书帙，偏宜上酒楼。

故人京洛满，何日复同游。

官舍早梅

阶下双梅树，春来画不成。

晚时花未落，阴处叶难生。

摘子防人到，攀枝畏鸟惊。

风光先占得，桃李莫相轻。

玉清公主挽歌

学凤年犹小，乘龙日尚赊。

初封千户邑，忽驾五云车。

地接金人岸，山通玉女家。

秋风何太早，吹落禁园花。

送皇甫龄宰交河

将军帐下来从客，小邑弹琴不易逢。

楼上胡笳传别怨，尊中腊酒为谁浓。

行人醉出双门道，少妇愁看七里烽。

今日相如轻武骑，多应朝暮客临邛。

杜侍御送贡物戏赠

铜柱朱崖道路难，伏波横海旧登坛。

越人自贡珊瑚树，汉使何劳獬豸冠。

疲马山中愁日晚，孤舟江上畏春寒。

由来此货称难得，多恐君王不忍看。

春园家宴

南园春色正相宜，大妇同行少妇随。

竹里登楼人不见，花间觅路鸟先知。

樱桃解结垂檐子，杨柳能低入户枝。

山简醉来歌一曲，参差笑杀郢中儿。

辰阳即事

青枫落叶正堪悲，黄菊残花欲待谁。

水近偏逢寒气早，山深常见日光迟。

愁中卜命看周易，病里招魂读楚词。

自恨不如湘浦雁，春来即是北归时。

送僧

童子学修道，诵经求出家。

手持贝多叶，心念优昙花。

得度北州近，随缘东路赊。

一身求清净，百毳纳袈裟。

钟岭更飞锡，炉峰期结跏。

深心大海水，广愿恒河沙。

此去不堪别，彼行安可涯。

殷勤结香火，来世上牛车。

哭护国上人

昔喜三身净，今悲万劫长。

不应归北斗，应是向西方。

舍利众生得，袈裟弟子将。

鼠行残药碗，虫网旧绳床。

别起千花塔，空留一草堂。

支公何处在，神理竟茫茫。

送卢举使河源

故人行役向边州，匹马今朝不少留。

长路关山何日尽，满堂丝竹为君愁。

题长安壁主人

世人结交须黄金，黄金不多交不深。

纵令然诺暂相许，终是悠悠行路心。

长沙失火后戏题莲花寺

金园宝刹半长沙，烧劫旁延一万家。

楼殿纵随烟焰去，火中何处出莲花。

赠赵使君美人

红粉青蛾映楚云，桃花马上石榴裙。
罗敷独向东方去，漫学他家作使君。

句

稽山贺老粗知名，吴郡张颠曾不易。
奔蛇走虺势入坐，骤雨旋风声满堂。

李商隐诗选

锦瑟

锦瑟无端五十弦，一弦一柱思华年。
庄生晓梦迷蝴蝶，望帝春心托杜鹃。
沧海月明珠有泪，蓝田日暖玉生烟。

此情可待成追忆，只是当时已惘然。

重过圣女祠

白石岩扉碧藓滋，上清沦谪得归迟。

一春梦雨常飘瓦，尽日灵风不满旗。

萼绿华来无定所，杜兰香去未移时。

玉郎会此通仙籍，忆向天阶问紫芝。

霜月

初闻征雁已无蝉，百尺楼高水接天。

青女素娥俱耐冷，月中霜里斗婵娟。

蝉

本以高难饱，徒劳恨费声。

五更疏欲断，一树碧无情。

薄宦梗犹泛，故园芜已平。

烦君最相警，我亦举家清。

悼伤後赴东蜀辟至散关遇雪

剑外从军远，无家与寄衣。

散关三尺雪，回梦旧鸳机。

乐游原

向晚意不适，驱车登古原。

夕阳无限好，只是近黄昏。

北齐二首

一笑相倾国便亡，何劳荆棘始堪伤。

小怜玉体横陈夜，已报周师入晋阳。

巧笑知堪敌万几，倾城最在著戎衣。

晋阳已陷休回顾，更请君王猎一围。

夜雨寄北

君问归期未有期，巴山夜雨涨秋池。
何当共剪西窗烛，却话巴山夜雨时。

忆梅

定定住天涯，依依向物华。
寒梅最堪恨，常作去年花。

赠柳

章台从掩映，郢路更参差。
见说风流极，来当婀娜时。
桥回行欲断，堤远意相随。
忍放花如雪，青楼扑酒旗。

宿骆氏亭寄怀崔雍崔衮

竹坞无尘水槛清，相思迢递隔重城。
秋阴不散霜飞晚，留得枯荷听雨声。

风雨

凄凉宝剑篇，羁泊欲穷年。
黄叶仍风雨，青楼自管弦。
新知遭薄俗，旧好隔良缘。
心断新丰酒。
销愁斗几千？

梦泽

梦泽悲风动白茅，楚王葬尽满城娇。
未知歌舞能多少，虚减宫厨为细腰。

寄令狐郎中

嵩云秦树久离居，双鲤迢迢一纸书。
休问梁园旧宾客，茂陵秋雨病相如。

杜工部蜀中离席

人生何处不离群？世路干戈惜暂分。
雪岭未归天外使，松州犹驻殿前军。
座中醉客延醒客，江上晴云杂雨云。
美酒成都堪送老，当垆仍是卓文君。

隋宫

紫泉宫殿锁烟霞，欲取芜城作帝家。
玉玺不缘归日角，锦帆应是到天涯。
于今腐草无萤火，终古垂杨有暮鸦。
地下若逢陈後主，岂宜重问後庭花。

二月二日

二月二日江上行，东风日暖闻吹笙。

花须柳眼各无赖，紫蝶黄蜂俱有情。

万里忆归元亮井，三年从事亚夫营。

新滩莫悟游人意，更作风檐夜雨声。

筹笔驿

猿鸟犹疑畏简书，风云常为护储胥。

徒令上将挥神笔，终见降王走传车。

管乐有才真不忝，关张无命欲何如。

他年锦里经祠庙，梁父吟成恨有余。

无题二首（其一）

昨夜星辰昨夜风，画楼西畔桂堂东。

身无彩凤双飞翼，心有灵犀一点通。

隔座送钩春酒暖，分曹射覆蜡灯红。

嗟余听鼓应官去，走马兰台类转蓬。

谒山

从来系日乏长绳，水去云回恨不胜。

欲就麻姑买沧海，一杯春露冷如冰。

花下醉

寻芳不觉醉流霞，依树沉眠日已斜。

客散酒醒深夜後，更持红烛赏残花。

曲江

望断平时翠辇过，空闻子夜鬼悲歌。

金舆不返倾城色，玉殿犹分下苑波。

死忆华亭闻唳鹤，老忧王室泣铜驼。

天荒地变心虽折，若比伤春意未多。

落花

高阁客竟去，小园花乱飞。

参差连曲陌，迢递送斜晖。

肠断未忍扫，眼穿仍欲稀。

芳心向春尽，所得是沾衣。

柳

曾逐东风拂舞筵，乐游春苑断肠天。

如何肯到清秋日，已带斜阳又带蝉。

为有

为有云屏无限娇，凤城寒尽怕春宵。

无端嫁得金龟婿，辜负香衾事早朝。

无题

相见时难别亦难，东风无力百花残。

春蚕到死丝方尽，蜡炬成灰泪始干。

晓镜但愁云鬓改，夜吟应觉月光寒。

蓬山此去无多路，青鸟殷勤为探看。

端居

远书归梦两悠悠，只有空床敌素秋。

阶下青苔与红树，雨中寥落月中愁。

咏史

北湖南埭水漫漫，一片降旗百尺竿。

三百年间同晓梦，钟山何处有龙盘。

齐宫词

永寿兵来夜不扃，金莲无复印中庭。

梁台歌管三更罢，犹自风摇九子铃。

十一月中旬至扶风界见梅花

匝路亭亭艳，非时袅袅香。

素娥惟与月，青女不饶霜。

赠远虚盈手，伤离适断肠。

为谁成早秀？不待作年芳。

富平少候

七国三边未到忧，十三身袭富平候。

不收金弹抛林外，却惜银床在井头。

彩树转灯珠错落，绣檀回枕玉雕锼。

当关不报侵晨客，新得佳人字莫愁。

宫辞

君恩如水向东流，得宠忧移失宠愁。

莫向尊前奏花落，凉风只在殿西头。

楚吟

山上离宫宫上楼，楼前宫畔暮江流。

楚天长短黄昏雨，宋玉无愁亦自愁。

板桥小别

回望高城落晓河，长亭窗户压微波。

水仙欲上鲤鱼去，一夜芙蓉红泪多。

银河吹笙

怅望银河吹玉笙，楼寒院冷接平明。

重衾幽梦他年断，别树羁雌昨夜惊。

月榭故香因雨发，风帘残烛隔霜清。

不须浪作缑山意，湘瑟秦箫自有情。

夕阳楼

花明柳暗绕天愁，上尽重城更上楼。

欲问孤鸿向何处，不知身世自悠悠。

晚晴

深居府夹城，春去夏犹清。

天意怜幽草，人间重晚晴。

并添高阁迥，微注小窗明。

越鸟巢干後，归飞体更轻。

龙池

龙池赐酒敞云屏，羯鼓声高众乐停。

夜半宴归宫漏永，薛王沉醉寿王醒。

泪

永巷长年怨绮罗，离情终日思风波。

湘江竹上痕无限，岘首碑前洒几多。

人去紫台秋入塞，兵残楚帐夜闻歌。

朝来灞水桥边问，未抵青袍送玉珂。

流莺

流莺飘荡复参差，渡陌临流不自持。

巧啭岂能无本意，良辰未必有佳期。

风朝露夜阴晴里，万户千门开闭时。

曾苦伤春不忍听，凤城何处有花枝？

吴宫

龙槛沉沉水殿清，禁门深掩断人声。

吴王宴罢满宫醉，日暮水漂花出城。

嫦娥

云母屏风烛影深，长河渐落晓星沉。

嫦娥应悔偷灵药，碧海青天夜夜心。

忆住一师

无事经年别远公，帝城钟晓忆西峰。

炉烟消尽寒灯晦，童子开门雪满松。

细雨

帷飘白玉堂，簟卷碧牙床。

楚女当时意，萧萧发彩凉。

无题二首

凤尾香罗薄几重，碧文圆顶夜深缝。

扇裁月魄羞难掩，车走雷声语未通。

曾是寂寥金烬暗，断无消息石榴红。

斑骓只系垂杨岸，何处西南任好风。

重帷深下莫愁堂，卧後清宵细细长。

神女生涯原是梦，小姑居处本无郎。

风波不信菱枝弱，月露谁教桂叶香。

直道相思了无益，未妨惆怅是清狂。

贾生

宣室求贤访逐臣，贾生才调更无伦。

可怜夜半虚前席，不问苍生问鬼神。

张继诗集

郢州西楼吟

连山尽塞水萦回，山上戍门临水开。

珠栏直下一百丈，日暖游鳞自相向。

昔人受险闭层城，今人复爱闲江清。

沙洲枫岸无来客，草绿花开山鸟鸣。

登丹阳楼

寒皋那可望，旅客又初还。

迢递高楼上，萧疏凉野间。

暮晴依远水，秋兴属连山。

浮客时相见，霜雕朱翠颜。

春夜皇甫冉宅欢宴

流落时相见，悲欢共此情。

兴因尊酒洽，愁为故人轻。

暗滴花垂露，斜辉月过城。

那知横吹笛，江外作边声。

会稽秋晚奉呈于太守

寂寂讼庭幽，森森戟户秋。

山光隐危堞，湖色上高楼。

禹穴探书罢，天台作赋游。

云浮将越客，岁晚共淹留。

题严陵钓台

旧隐人如在，清风亦似秋。

客星沈夜壑，钓石俯春流。

鸟向乔枝聚，鱼依浅濑游。

古来芳饵下，谁是不吞钩。

清明日自西午桥至瓜岩村有怀

晚霁龙门雨，春生汝穴风。

鸟啼官路静，花发毁垣空。

鸣玉惭时辈，垂丝学老翁。

旧游人不见，惆怅洛城东。

洛阳作

洛阳天子县，金谷石崇乡。

草色侵官道，花枝出苑墙。
书成休逐客，赋罢遂为郎。
贫贱非吾事，西游思自强。

晚次淮阳

微凉风叶下，楚俗转清闲。
候馆临秋水，郊扉掩暮山。
月明潮渐近，露湿雁初还。
浮客了无定，萍流淮海间。

送窦十九判官使江南

游客淹星纪，裁诗炼土风。
今看乘传去，那与问津同。
南郡迎徐子，临川谒谢公。
思归一惆怅，于越古亭中。

江上送客游庐山

楚客自相送，沾裳春水边。

晚来风信好，并发上江船。

花映新林岸，云开瀑布泉。

惬心应在此，佳句向谁传。

会稽郡楼雪霁

江城昨夜雪如花，郢客登楼望霁华。

夏禹坛前仍聚玉，西施浦上更飘纱。

帘栊向晚寒风度，睥睨初晴落景斜。

数处微明销不尽，湖山清映越人家。

冯翊西楼

城上西楼倚暮天，楼中归望正凄然。

近郭乱山横古渡，野庄乔木带新烟。

北风吹雁声能苦，远客辞家月再圆。

陶令好文常对酒，相招那惜醉为眠。

送邹判官往陈留

齐宋伤心地，频年此用兵。

女停襄邑杼，农废汶阳耕。

国使乘轺去，诸藩拥节迎。

深仁荷君子，薄赋恤黎氓。

火燎原犹热，波摇海未平。

应将否泰理，一问鲁诸生。

酬李书记校书越城秋夜见赠

东越秋城夜，西人白发年。

寒城警刁斗，孤愤抱龙泉。

凤辇栖岐下，鲸波斗洛川。

量空海陵粟，赐乏水衡钱。

投阁嗤扬子，飞书代鲁连。

苍苍不可问，余亦赋思玄。

感怀

调与时人背，心将静者论。

终年帝城里，不识五侯门。

长相思

辽阳望河县，白首无由见。

海上珊瑚枝，年年寄春燕。

奉寄皇甫补缺

京口情人别久，杨州估客来疏。

潮至浔阳回去，相思无处通书。

枫桥夜泊

月落乌啼霜满天，江枫渔父对愁眠。

姑苏城外寒山寺，夜半钟声到客船。

阊门即事

耕夫召募逐楼船，春草青青万顷田。

试上吴门窥郡郭，清明几处有新烟。

安公房问法

流连一日复一日，世事何时是了时。

试向东林问禅伯，遣将心地学琉璃。

上清词

紫阳宫女捧丹砂，王母令过汉帝家。

春风不肯停仙驭，却向蓬莱看杏花。

送顾况泗上觐叔父

吴乡岁贡足嘉宾，后进之中见此人。

别业更临洙泗上，拟将书卷对残春。

留别

何事千年遇圣君，坐令双鬓老江云。

南行更入山深浅，岐路悠悠水自分。

送张中丞归使幕

独受主恩归，当朝似者稀。

玉壶分御酒，金殿赐春衣。

拂席流莺醉，鸣鞭骏马肥。

满台簪白笔，捧手恋清辉。

华州夜宴庾侍御宅

世故他年别，心期此夜同。

千峰孤烛外，片雨一更中。

酒客逢山简，诗人得谢公。

自怜驱匹马，拂曙向关东。

赠章八元

相见谈经史，江楼坐夜阑。

风声吹户响，灯影照人寒。

俗薄交游尽，时危出处难。

衰年逢二妙，亦得闷怀宽。

褚主簿宅会毕庶子钱员外郎使君

开瓮腊酒熟，主人心赏同。

斜阳疏竹上，残雪乱山中。

更喜宣城印，朝廷与谢公。

奉送王相公赴幽州

黄阁开帏幄，丹墀拜冕旒。

位高汤左相，权总汉诸侯。

不改周南化，仍分赵北忧。

双旌过易水，千骑入幽州。

寒草连天暮，边风动地愁。

无因随远道，结束配吴钩。

重经巴丘

昔年高接李膺欢，日泛仙舟醉碧澜。

诗句乱随青草落，酒肠俱逐洞庭宽。

浮生聚散云相似，往事冥微梦一般。

今日片帆城下去，秋风回首泪阑干。

九日巴丘杨公台上宴集

凄凄霜日上高台，水国秋凉客思哀。

万叠银山寒浪起，一行斜字早鸿来。

谁家捣练孤城暮，何处题衣远信回。

江汉路长身不定，菊花三笑旅怀开。

游灵岩

灵岩有路入烟霞，台殿高低释子家。

风满迥廊飘坠叶，水流绝涧泛秋花。

青松阅世风霜古，翠竹题诗岁月赊。

谁谓无生真可学，山中亦自有年华。

河间献王墓

汉家宗室独称贤，遗事闲中见旧编。

偶过河间寻往迹，却怜荒冢带寒烟。

频求千古书连帙，独对三雍策几篇。

雅乐未兴人已逝，雄歌依旧大风传。

秋日道中

齐鲁西风草树秋，川原高下过东州。

道边白鹤来华表，陌上苍麟卧古丘。

九曲半应非禹迹，三山何处是仙州。

径行俯仰成今古，却忆当年赋远游。

华清宫

天宝承平奈乐何，华清宫殿郁嵯峨。

朝元阁峻临秦岭，羯鼓楼高俯渭河。

玉树长飘云外曲，霓裳闲舞月中歌。

只今惟有温泉水，呜咽声中感慨多。

春申君祠

春申祠宇空山里，古柏阴阴石泉水。

日暮江南无主人，弥令过客思公子。

萧条寒景傍山村，寂寞谁知楚相尊。

当时珠履三千客，赵使怀惭不敢言。

人日代客子是日立春

人日兼春日，长怀复短怀。

遥知双彩胜，并在一金钗。

寄郑员外

经月愁闻雨，新年苦忆君。

何时共登眺，整屐待晴云。

饮李十二宅

重门敞春夕，灯烛霭余辉。

醉我百尊酒，留连夜未归。

山家

板桥人渡泉声，茅檐日午鸡鸣。

莫嗔焙茶烟暗，却喜晒谷天晴。

归山

心事数茎白发，生涯一片青山。

空林有雪相待，古道无人独还。

金谷园

彩楼歌馆正融融，一骑星飞锦帐空。

老尽名花春不管，年年啼鸟怨东风。

邮亭

云淡山横日欲斜，邮亭下马对残花。

自从身逐征西府，每到开时不在家。

宿白马寺

白马驮经事已空，断碑残刹见遗踪。

萧萧茅屋秋风起，一夜雨声羁思浓。

明德宫

碧瓦朱楹白昼闲，金衣宝扇晓风寒。

摩云观阁高如许，长对河流出断山。

读峄山碑

六国平来四海家，相君当代擅才华。

谁知颂德山头石，却予他人戒后车。

薛涛诗集

薛涛字洪度，生于大历五年，卒于大和六年（即公元770～832年），享年63岁。原籍长安，幼随父居成都，八九岁能诗，十六岁入乐籍，脱乐籍后终身未嫁。

鸳鸯草

绿英满香砌，两两鸳鸯小。

但娱春日长，不管秋风早。

池上双凫

双栖绿池上，朝去暮飞还。

更忆将雏日，同心莲叶间。

风

猎蕙微风远，飘弦唳一声。

林梢明浙沥，松径夜凄清。

月

魄依钩样小，扇逐汉机团。

细影将圆质，人间几处看。

蝉

露涤音清远，风吹故叶齐。

声声似相接，各在一枝栖。

罚赴边有怀上韦令公二首

黠虏犹违命，烽烟直北愁。

却教严谴妾，不敢向松州。

闻道边城苦，而今到始知。

却将门下曲，唱与陇头儿。

宣上人见示与诸公唱和

许厕高斋唱，涓泉定不如。

可怜谯记室，流水满禅居。

酬人雨后玩竹

南天春雨时，那鉴雪霜姿。

众类亦云茂，虚心宁自持。

多留晋贤醉，早伴舜妃悲。

晚岁君能赏，苍苍劲节奇。

浣花亭陪川主王播相公暨僚同赋早菊

西陆行终令，东篱始再阳。

绿英初濯露，金蕊半含霜。

自有兼材用，那同众草芳。

献酬樽俎外，宁有惧豺狼。

四友赞

磨润色先生之腹，濡藏锋都尉之头。
引书媒而黯黯，入文亩以休休。

柳絮咏

二月杨花轻复微，春风摇荡惹人衣。
他家本是无情物，一向南飞又北飞。

朱槿花

红开露脸误文君，司蕣芙蓉草绿云。
造化大都排比巧，衣裳色泽总薰薰。

忆荔枝

传闻象郡隔南荒，绛实丰肌不可忘。

近有青衣连楚水，素浆还得类琼浆。

秋泉

泠色初澄一带烟，幽声遥泻十丝弦。

长来枕上牵情思，不使愁人半夜眠。

采莲舟

风前一叶压荷蕖，解报新秋又得鱼。

兔走乌驰人语静，满溪红袂棹歌初。

菱荇沼

水荇斜牵绿藻浮，柳丝和叶卧清流。

何时得向溪头赏，旋摘菱花旋泛舟。

江边

西风忽报雁双双，人世心形两自降。

不为鱼肠有真诀，谁能夜夜立清江。

九日遇雨二首

万里惊飙朔气深，江城萧索昼阴阴。

谁怜不得登山去，可惜寒芳色似金。

茱萸秋节佳期阻，金菊寒花满院香。

神女欲来知有意，先令云雨暗池塘。

听僧吹芦管

晓蝉鸣咽暮莺愁，言语殷勤十指头。

罢阅梵书劳一弄，散随金磬泥清秋。

试新服裁制初成三首

紫阳宫里赐红绡，仙雾朦胧隔海遥。

霜兔毳寒冰茧净，嫦娥笑指织星桥。

九气分为九色霞，五灵仙驭五云车。

春风因过东君舍，偷样人间染百花。

长裾本是上清仪，曾逐群仙把玉芝。

每到宫中歌舞会，折腰齐唱步虚词。

斛石山书事

王家山水画图中，意思都卢粉墨容。

今日忽登虚境望，步摇冠翠一千峰。

西岩

凭阑却忆骑鲸客，把酒临风手自招。

细雨声中停去马，夕阳影里乱鸣蜩。

题竹郎庙

竹郎庙前多古木，夕阳沉沉山更绿。

何处江村有笛声，声声尽是迎郎曲。

赋凌云寺二首

闻说凌云寺里苔，风高日近绝纤埃。

横云点染芙蓉壁，似待诗人宝月来。

闻说凌云寺里花，飞空绕磴逐江斜。

有时锁得嫦娥镜，镂出瑶台五色霞。

海棠溪

春教风景驻仙霞，水面鱼身总带花。

人世不思灵卉异，竞将红缬染轻沙。

罚赴边上韦相公二首

萤在荒芜月在天，萤飞岂到月轮边。

重光万里应相照，目断云霄信不传。

按辔岭头寒复寒，微风细雨彻心肝。

但得放儿归舍去，山水屏风永不看。

十离诗

犬离主

出入朱门四五年，为知人意得人怜。

近缘咬着亲知客，不得红丝毯上眠。

笔离手

越管宣毫始称情，红笺纸上撒花琼。

都缘用久锋头尽，不得羲之手里擎。

马离厩

雪耳红毛浅碧蹄，追风曾到日东西。

为惊玉貌郎君坠，不得华轩更一嘶。

鹦鹉离笼

陇西独自一孤身，飞去飞来上锦茵。

都缘出语无方便，不得笼中再唤人。

燕离巢

出入朱门未忍抛，主人常爱语交交。
衔泥秽污珊瑚枕，不得梁间更垒巢。

珠离掌

皎洁圆明内外通，清光似照水晶宫。
只缘一点玷相秽，不得终宵在掌中。

鱼离池

跳跃深池四五秋，常摇朱尾弄纶钩。
无端摆断芙蓉朵，不得清波更一游。

鹰离鞲

爪利如锋眼似铃，平原捉兔称高情。
无端窜向青云外，不得君王臂上擎。

竹离亭

蓊郁新栽四五行，常将劲节负秋霜。
为缘春笋钻墙破，不得垂阴覆玉堂。

镜离台

铸泻黄金镜始开，初生三五月徘徊。

为遭无限尘蒙蔽，不得华堂上玉台。

赠韦校书

芸香误比荆山玉，那似登科甲乙年。

淡泡鲜风将绮思，飘花散蕊媚青天。

酬辛员外折花见遗

青鸟东飞正落梅，衔花满口下瑶台。

一枝为授殷勤意，把向风前旋旋开。

酬郭简州寄柑子

霜规不让黄金色，圆质仍含御史香。

何处同声情最异，临川太守谢家郎。

和郭员外题万里桥

万里桥头独越吟，知凭文字写愁心。

细侯风韵兼前事，不止为舟也作霖。

送郑资州

雨暗眉山江水流，离人掩袂立高楼。

双旌千骑骈东陌，独有罗敷望上头。

春郊游眺寄孙处士二首

低头久立向蔷薇，爱似零陵香惹衣。

何事碧鸡孙处士，伯劳东去燕西飞。

今朝纵目玩芳菲，夹缬笼裙绣地衣。

满袖满头兼手把，教人识是看花归。

送姚员外

万条江柳早秋枝，袅地翻风色未衰。

欲折尔来将赠别，莫教烟月两乡悲。

酬祝十三秀才

浩思蓝山玉彩寒，冰囊敲碎楚金盘。

诗家利器驰声久，何用春闱榜下看。

贼平后上高相公

惊看天地白荒荒，瞥见青山旧夕阳。

始信大威能照映，由来日月借生光。

续嘉陵驿诗献武相国

蜀门西更上青天，强为公歌蜀国弦。

卓氏长卿称士女，锦江玉垒献山川。

上川主武元衡相国二首

落日重城夕雾收，玳筵雕俎荐诸侯。

因令朗月当庭燎，不使珠帘下玉钩。

东阁移尊绮席陈，貂簪龙节更宜春。

军城画角三声歇，云幕初垂红烛新。

摩诃池赠萧中丞

昔以多能佐碧油，今朝同泛旧仙舟。

凄凉逝水颓波远，惟有碑泉咽不流。

乡思

峨嵋山下水如油，怜我心同不系舟。

何日片帆离锦浦，棹声齐唱发中流。

送卢员外

玉垒山前风雪夜，锦官城外别离魂。
信陵公子如相问，长向夷门感旧恩。

寄词

菌阁芝楼杳霭中，霞开深见玉皇宫。
紫阳天上神仙客，称在人间立世功。

送友人

水国蒹葭夜有霜，月寒山色共苍苍。
谁言千里自今夕，离梦杳如关塞长。

别李郎中

花落梧桐凤别凰，想登秦岭更凄凉。

安仁纵有诗将赋，一半音词杂悼亡。

赠远二首

扰弱新蒲叶又齐，春深花发塞前溪。
知君未转秦关骑，月照千门掩袖啼。
芙蓉新落蜀山秋，锦字开缄到是愁。
闺阁不知戎马事，月高还上望夫楼。

寄张元夫

前溪独立后溪行，鹭识朱衣自不惊。
借问人间愁寂意，伯牙弦绝已无声。

上王尚书

碧玉双幢白玉郎，初辞天帝下扶桑。
手持云篆题新榜，十万人家春日长。

段相国游武担寺病不能从题寄

消瘦翻堪见令公，落花无那恨东风。

侬心犹道青春在，羞看飞蓬石镜中。

赠段校书

公子翩翩说校书，玉弓金勒紫绡裾。

玄成莫便骄名誉，文采风流定不知。

和李书记席上见赠

翩翩射策东堂秀，岂复相逢豁寸心。

借问风光为谁丽，万条丝柳翠烟深。

送扶炼师

锦浦归舟巫峡云，绿波迢递雨纷纷。

山阴妙术人传久，也说将鹅与右军。

酬文使君

延英晓拜汉恩新，五马腾骧九陌尘。

今日谢庭飞白雪，巴歌不复旧阳春。

酬李校书

才游象外身虽远，学茂区中事易闻。

自顾漳滨多病后，空瞻逸翮舞青云。

酬雍秀才贻巴峡图

千叠云峰万顷湖，白波分去绕荆吴。

感君识我枕流意，重示瞿塘峡口图。

赠苏十三中丞

洛阳陌上埋轮气，欲逐秋空击隼飞。

今日芝泥检征诏，别须台外振霜威。

酬杨供奉法师见招

远水长流洁复清，雪窗高卧与云平。
不嫌袁室无烟火，惟笑商山有姓名。

酬杜舍人

双鱼底事到侬家，扑手新诗片片霞。
唱到白苹洲畔曲，芙蓉空老蜀江花。

酬吴使君

支公别墅接花扃，买得前山总未经。
入户剡溪云水满，高斋咫尺蹑青冥。

筹边楼

平临云鸟八窗秋，壮压西川四十州。
诸将莫贪羌族马，最高层处见边头。

棠梨花和李太尉

吴钧蕙圃移嘉木，正及东溪春雨时。

日晚莺啼何所为，浅深红腻压繁枝。

江月楼

秋风仿佛吴江冷，鸥鹭参差夕阳影。

垂虹纳纳卧谯门，雉堞耽耽俯渔艇。

阳安小儿拍手笑，使君幻出江南景。

谒巫山庙

乱猿啼处访高唐，路入烟霞草木香。

山色未能忘宋玉，水声犹是哭襄王。

朝朝夜夜阳台下，为雨为云楚国亡。

惆怅庙前多少柳，春来空斗画眉长。

寄旧诗与元微之

诗篇调态人皆有，细腻风光我独知。

月下咏花怜暗淡，雨朝题柳为欹垂。

长教碧玉藏深处，总向红笺写自随。

老大不能收拾得，与君开似好男儿。

崔曙诗集

　　崔曙（约704～739），宋州（今河南登封）人，开元二十三年第一名进士，但只做过河南尉一类的小官。曾隐居河南嵩山。以《试明堂火珠》诗得名。其诗多写景摹物，同时寄寓乡愁友思。词句对仗工整，辞气多悲。代表作有《早发交崖山还太室作》、《奉试明堂火珠》、《途中晓发》、《缑山庙》、《登水门楼，见亡友张贞期题望黄河诗，因以感兴》、《对雨送郑陵》等。其诗中"天净光难灭，云生望欲无"、"涧水流年月，山云变古今"、"旅望因高尽，乡心遇物悲"、"流落年将晚，悲凉物已秋"等都是极佳的对句。诗一卷（全唐诗上卷第一百五十五）。

奉试明堂火珠

正位开重屋，凌空出火珠。

夜来双月满，曙后一星孤。

天净光难灭，云生望欲无。

遥知太平代，国宝在名都。

途中晓发

晓霁长风里，劳歌赴远期。

云轻归海疾，月满下山迟。

旅望因高尽，乡心遇物悲。

故林遥不见，况在落花时。

缑山庙

遗庙宿阴阴，孤峰映绿林。

步随仙路远，意入道门深。

涧水流年月，山云变古今。

只闻风竹里，犹有凤笙音。

登水门楼，见亡友张贞期题望黄河诗，因以感兴

吾友东南美，昔闻登此楼。

人随川上逝，书向壁中留。

严子好真隐，谢公耽远游。

清风初作颂，暇日复销忧。

时与文字古，迹将山水幽。

已孤苍生望，空见黄河流。

流落年将晚，悲凉物已秋。

天高不可问，掩泣赴行舟。

对雨送郑陵

别愁复经雨，别泪还如霰。

寄心海上云，千里常相见。

古意

绿笋总成竹，红花亦成子。

能当此时好，独自幽闺里。

夜夜苦更长，愁来不如死。

送薛据之宋州

无媒嗟失路，有道亦乘流。

客处不堪别，异乡应共愁。

我生早孤贱，沦落居此州。

风土至今忆，山河皆昔游。

一从文章事，两京春复秋。

君去问相识，几人今白头。

颍阳东溪怀古

灵溪氛雾歇，皎镜清心颜。

空色不映水，秋声多在山。

世人久疏旷，万物皆自闲。

白鹭寒更浴，孤云晴未还。

昔时让王者，此地闭玄关。

无以蹑高步，凄凉岑壑间。

九日登望仙台，呈刘明府容

汉文皇帝有高台，此日登临曙色开。

三晋云山皆北向，二陵风雨自东来。

关门令尹谁能识，河上仙翁去不回。

且欲近寻彭泽宰，陶然共醉菊花杯。

嵩山寻冯炼师不遇

青溪访道凌烟曙，王子仙成已飞去。

更值空山雷雨时，云林薄暮归何处。

苏味道诗集

苏味道，赵州栾城人。与里人李峤俱以文翰显，时人谓之苏李。弱冠擢进士第，累转咸阳尉。裴行俭引管书记，延载中，历凤阁舍人、检校侍郎。证圣元年，出为集州刺史，俄召拜天官侍郎。圣历初，迁凤阁侍郎同凤阁鸾台三品，前后居相位数载，多识台阁故事。神龙时，坐张易之党贬眉州刺史，还为益州长史卒。诗风清正挺秀，绮而不艳。多咏物诗。代表作为《正月十五夜》、《咏虹》、《和武三思于天中寺寻复礼上人之作》等，另外《咏虹》诗对虹的描写刻划亦颇值得称道。有集十五卷，今编诗一卷（全唐诗上卷第六十五）。

咏虹

纤馀带星渚，窈窕架天浔。
空因壮士见，还共美人沉。
逸照含良玉，神花藻瑞金。

独留长剑彩，终负昔贤心。

初春行宫侍宴应制（得天字）

温液吐涓涓，跳波急应弦。

簪裾承睿赏，花柳发韶年。

圣酒千钟洽，宸章七曜悬。

微臣从此醉，还似梦钧天。

单于川对雨二首

崇朝遘行雨，薄晚屯密云。

缘阶起素沫，竟水聚圆文。

河柳低未举，山花落已芬。

清尊久不荐，淹留遂待君。

飞雨欲迎旬，浮云已送春。

还从濯枝后，来应洗兵辰。

气合龙祠外，声过鲸海滨。

伐邢知有属，已见静边尘。

咏雾

氤氲起洞壑，遥裔匝平畴。

乍似含龙剑，还疑映蜃楼。

拂林随雨密，度径带烟浮。

方谢公超步，终从彦辅游。

咏石

济北甄神貌，河西濯锦文。

声应天池雨，影触岱宗云。

燕归犹可候，羊起自成群。

何当握灵髓，高枕绝嚣氛。

使岭南闻崔马二御史并拜台郎

振鹭齐飞日，迁莺远听闻。

明光共待漏，清鉴各披云。

喜得廊庙举，嗟为台阁分。

故林怀柏悦，新幄阻兰薰。

冠去神羊影，车迎瑞雉群。

远从南斗外，遥仰列星文。

赠封御史入台

故事推三独，兹辰对两闱。

夕鸦共鸣舞，屈草接芳菲。

盛府持清橐，殊章动绣衣。

风连台阁起，霜就简书飞。

凛凛当朝色，行行满路威。

惟当击隼去，复睹落雕归。

九江口南济北接蕲春南与浔阳岸

江路一悠哉，滔滔九派来。

远潭昏似雾，前浦沸成雷。

鳞介多潜育，渔商几溯洄。

风摇蜀柿下，日照楚萍开。

近漱溢城曲，斜吹蠡泽隈。

锡龟犹入贡，浮兽罢为灾。

津吏挥桡疾，邮童整传催。

归心讵可问，为视落潮回。

虞世南诗集

　　虞世南，字伯施，余姚人。沉静寡欲，精思读书，至累旬不盥栉。文章婉缛，见称于仆射徐陵，由是有名。在隋，官秘书郎，十年不徙。入唐，为秦府记室参军，迁太子中舍人。太宗践祚，历弘文馆学士、秘书监。卒谥文懿。太宗称其德行、忠直、博学、文词、书翰为五绝。手诏魏王泰曰："世南当代名臣，人伦准的，今其云亡，石渠、东观中无复人矣。"其书法刚柔并重，骨力遒劲，与欧阳询、褚遂良、薛稷并称"唐初四大家"。其诗风与书风相似，清丽中透着刚健。因是近臣，故侍宴应诏的作品较多。代表作有《出塞》、《结客少年场行》、《怨歌行》、《赋得临池竹应制》、《蝉》、《奉和咏风应魏王教》等。其中后三首咏物诗（即《赋得临池竹应制》、《蝉》、《奉和咏风应魏王教》）分别写竹、蝉和风，紧紧抓住对象特点，刻画得相当传神，例如《蝉》诗写蝉饮清露，栖（梧桐）高处，声因高而远，而非是依靠秋风，寓意君子应象蝉一样居高而声远，从而不必凭借、受制于它物，世南描摹状物、托物言志之功夫可见一斑矣。集三十卷，今编诗一卷（全唐诗上卷第三十六）。

奉和咏风应魏王教

逐舞飘轻袖，传歌共绕梁。

动枝生乱影，吹花送远香。

从军行二首

涂山烽候惊，弭节度龙城。

冀马楼兰将，燕犀上谷兵。

剑寒花不落，弓晓月逾明。

凛凛严霜节，冰壮黄河绝。

蔽日卷征蓬，浮天散飞雪。

全兵值月满，精骑乘胶折。

结发早驱驰，辛苦事旌麾。

马冻重关冷，轮摧九折危。

独有西山将，年年属数奇。

烽火发金微，连营出武威。

孤城塞云起，绝阵虏尘飞。

侠客吸龙剑，恶少缦胡衣。

朝摩骨都垒，夜解谷蠡围。

萧关远无极，蒲海广难依。

沙磴离旌断，晴川候马归。

交河梁已毕，燕山旆欲挥。

方知万里相，侯服见光辉。

拟饮马长城窟

驰马渡河干，流深马渡难。

前逢锦车使，都护在楼兰。

轻骑犹衔勒，疑兵尚解鞍。

温池下绝涧，栈道接危峦。

拓地勋未赏，亡城律岂宽。

有月关犹暗，经春陇尚寒。

云昏无复影，冰合不闻湍。

怀君不可遇，聊持报一餐。

出塞

上将三略远，元戎九命尊。

缅怀古人节，思酬明主恩。

山西多勇气，塞北有游魂。

扬桴上陇坂，勒骑下平原。

誓将绝沙漠，悠然去玉门。

轻赍不遑舍，惊策骛戎轩。

凛凛边风急，萧萧征马烦。

雪暗天山道，冰塞交河源。

雾锋黯无色，霜旗冻不翻。

耿介倚长剑，日落风尘昏。

结客少年场行

韩魏多奇节，倜傥遗声利。

共矜然诺心，各负纵横志。

结交一言重，相期千里至。

绿沉明月弦，金络浮云辔。

吹箫入吴市，击筑游燕肆。

寻源博望侯，结客远相求。

少年怀一顾，长驱背陇头。

焰焰戈霜动，耿耿剑虹浮。

天山冬夏雪，交河南北流。

云起龙沙暗，木落雁门秋。

轻生殉知己，非是为身谋。

怨歌行

紫殿秋风冷，雕甍落日沉。

裁纨凄断曲，织素别离心。

掖庭羞改画，长门不惜金。

宠移恩稍薄，情疏恨转深。

香销翠羽帐，弦断凤凰琴。

镜前红粉歇，阶上绿苔侵。

谁言掩歌扇，翻作白头吟。

中妇织流黄

寒闺织素锦，含怨敛双蛾。

综新交缕涩，经脆断丝多。

衣香逐举袖，钏动应鸣梭。

还恐裁缝罢，无信达交河。

飞来双白鹤

飞来双白鹤，奋翼远凌烟。

俱栖集紫盖，一举背青田。

飏影过伊洛，流声入管弦。

鸣群倒景外，刷羽阆风前。

映海疑浮雪，拂涧泻飞泉。

燕雀宁知去，蜉蝣不识还。

何言别俦侣，从此间山川。

顾步已相失，裴回各自怜。

危心犹警露，哀响讵闻天。

无因振六翮，轻举复随仙。

奉和幽山雨后应令

肃城邻上苑，黄山迩桂宫。

雨歇连峰翠，烟开竟野通。

排虚翔戏鸟，跨水落长虹。

日下林全暗，云收岭半空。

山泉鸣石涧，地籁响岩风。

赋得吴都

画野通淮泗，星躔应斗牛。

玉牒宏图表，黄旗美气浮。

三分开霸业，万里宅神州。

高台临茂苑，飞阁跨澄流。

江涛如素盖，海气似朱楼。

吴趋自有乐，还似镜中游。

赋得慎罚

帝图光往册，上德表鸿名。

道冠二仪始，风高三代英。

乐和知化洽，讼息表刑清。

罚轻犹在念，勿喜尚留情。

明慎全无枉，哀矜在好生。

五疵过亦察，二辟理弥精。

幪巾示廉耻，嘉石务详平。

每削繁苛性，常深恻隐诚。

政宽思济猛，疑罪必从轻。

于张惩不滥，陈郭宪无倾。

刑措谅斯在，欢然仰颂声。

奉和咏日午

高天净秋色，长汉转曦车。

玉树阴初正，桐圭影未斜。

翠盖飞圆彩，明镜发轻花。

再中良表瑞，共仰璧晖赊。

发营逢雨应诏

豫游欣胜地，皇泽乃先天。

油云阴御道，膏雨润公田。

陇麦沾逾翠，山花湿更然。

稼穑良所重，方复悦丰年。

侍宴应诏赋韵得前字

芬芳禁林晚，容与桂舟前。

横空一鸟度，照水百花然。

绿野明斜日，青山澹晚烟。

滥陪终宴赏，握管类窥天。

侍宴归雁堂

歌堂面渌水，舞馆接金塘。

竹开霜后翠，梅动雪前香。

凫归初命侣，雁起欲分行。

刷羽同栖集，怀恩愧稻粱。

凌晨早朝

万瓦宵光曙，重檐夕雾收。

玉花停夜烛，金壶送晓筹。

日晖青琐殿，霞生结绮楼。

重门应启路，通籍引王侯。

初晴应教

初日明燕馆，新溜满梁池。

归云半入岭，残滴尚悬枝。

春夜

春苑月裴回，竹堂侵夜开。

惊鸟排林度，风花隔水来。

咏舞

繁弦奏渌水，长袖转回鸾。

一双俱应节，还似镜中看。

秋雁

日暮霜风急，羽翮转难任。

为有传书意，联翩入上林。

奉和至寿春应令

瑶山盛风乐，南巡务逸游。

如何事巡抚，民瘼谅斯求。

文鹤扬轻盖，苍龙饰桂舟。

泛沫萦沙屿，寒澌拥急流。

路指八仙馆，途经百尺楼。

眷言昔游践，回驾且淹留。

后车喧凤吹，前旌映彩斿。

龙骖驻六马，飞阁上三休。

调谐金石奏，欢洽羽觞浮。

天文徒可仰，何以厕琳球。

奉和幸江都应诏

南国行周化，稽山秘夏图。

百王岂殊轨，千载协前谟。

肆觐遵时豫，顺动悦来苏。

安流进玉轴，戒道翼金吾。

龙旂焕辰象，凤吹溢川涂。

封唐昔敷锡，分陕被荆吴。

沐道咸知让，慕义久成都。

冬律初飞管，阳鸟正衔芦。

严飙肃林薄，暖景澹江湖。

鸿私浃幽远，厚泽润凋枯。

虞琴起歌咏，汉筑动巴歈。

多幸沾行苇，无庸类散樗。

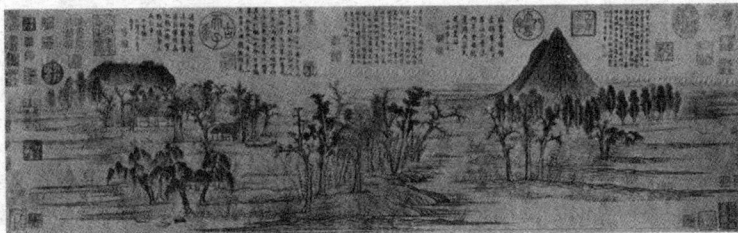

奉和献岁宴宫臣

履端初起节，长苑命高筵。

肆夏喧金奏，重润响朱弦。

春光催柳色，日彩泛槐烟。

微臣同滥吹，谬得仰钧天。

罗隐诗集

罗隐的咏物诗写得很有特色：或借物讽世，或托物言志，其诗作虽不多，但颇耐人寻味，值得研究。三首诗中以《蜂》流传最广。

雪

尽道丰年瑞，丰年事若何？

长安有贫者，为瑞不宜多。

926

蜂

不论平地与峰间，无限风光尽被占。

酿得百花成蜜后，为谁辛苦为谁甜？

鹦鹉

莫恨雕笼翠羽残，江南地暖陇西寒。

劝君不用分明语，语得分明出转难。

马戴诗集

春思

初日照杨柳，玉楼含翠阴。

啼春独鸟思，望远佳人心。

幽怨贮瑶瑟，韶光凝碧林。

所思曾不见，芳草意空深。

江行留别

吴楚半秋色，渡江逢苇花。

云侵帆影尽，风逼雁行斜。

返照开岚翠，寒潮荡浦沙。

余将何所往，海峤拟营家。

将别寄友人

帝乡归未得，辛苦事羁游。

别馆一尊酒，客程千里秋。

霜风红叶寺，夜雨白苹洲。

长恐此时泪，不禁和恨流。

客行

路歧长不尽，客恨杳难通。

芦荻晚汀雨，柳花南浦风。

乱钟嘶马急，残日半帆红。

却羡渔樵侣，闲歌落照中。

过野叟居

野人闲种树，树老野人前。

居止白云内，渔樵沧海边。

呼儿采山药，放犊饮溪泉。

自著养生论，无烦忧暮年。

答光州王使君

信来淮上郡，楚岫入秦云。

自顾为儒者，何由答使君。

蜕风蝉半失，阻雨雁频闻。

欲识平生分，他时别纪勋。

下第再过崔邵池阳居

岂无故乡路，路远未成归。

关内相知少，海边来信稀。

离云空石穴，芳草偃郊扉。

谢子一留宿，此心聊息机。

夕次淮口

天涯秋光尽，木末群鸟还。

夜久游子息，月明歧路闲。

风生淮水上，帆落楚云间。

此意竟谁见，行行非故关。

落日怅望

孤云与归鸟，千里片时间。

念我一何滞，辞家久未还。

微阳下乔木，远色隐秋山。

临水不敢照，恐惊平昔颜。

早发故山作

云门夹峭石，石路荫长松。

谷响云相应，山深水复重。
餐霞人不见，采药客犹逢。
独宿灵潭侧，时闻岳顶钟。

下第别郜扶

穷途别故人，京洛泣风尘。
在世即应老，他乡又欲春。
平生空志学，晚岁拙谋身。
静话归休计，唯将海上亲。

寄终南真空禅师

闲想白云外，了然清净僧。
松门山半寺，夜雨佛前灯。
此境可长住，浮生自不能。
一从林下别，瀑布几成冰？

长安寓居寄赠贾岛

岁暮见华发，平生志半空。

孤云不我弃，归隐与谁同。

枉道紫宸谒，妨栽丹桂丛。

何如随野鹿，栖止石岩中。

秋郊夕望

度鸟向栖急，阴虫逢夜多。

余霞媚秋汉，迥月濯沧波。

蔓草将萎绝，流年其奈何。

耿然摇落思，独酌不成歌。

赠越客

故国波涛隔，明时已久留。

献书双阙晚，看月五陵秋。

南棹何时返，长江忆共游。

遥知钓船畔，相望在汀洲。

送顾非熊下第归江南

无成西别秦，返驾江南春。

草际楚田雁，舟中吴苑人。

残云挂绝岛，迥树入通津。

想到长洲日，门前多白苹。

送狄参军赴杭州

新官非次受，圣主宠前勋。

关雪发车晚，风涛挂席闻。

海门山叠翠，湖岸郡藏云。

执简从公后，髯参岂胜君。

过故人所迁新居

金马诏何晚，茂陵居近修。

客来云雨散，鸟下梧桐秋。

迥汉衔天阙，遥泉响御沟。

坐看凉月上，为子一淹留。

落照

照曜天山外，飞鸦几共过。

微红拂秋汉，片白透长波。

影促寒汀薄，光残古木多。

金霞与云气，散漫复相和。

宿崔邵池阳别墅

杨柳色已改，郊原日复低。

烟生寒渚上，霞散乱山西。

待月人相对，惊风雁不齐。

此心君莫问，旧国去将迷。

楚江怀古三首

露气寒光集，微阳下楚丘。

猿啼洞庭树，人在木兰舟。

广泽生明月，苍山夹乱流。

云中君不降，竟夕自悲秋。

惊鸟去无际，寒蛩鸣我傍。

芦洲生早雾，兰湿下微霜。

列宿分穷野，空流注大荒。

看山候明月，聊自整云装。

野风吹蕙带，骤雨滴兰桡。

屈宋魂冥寞，江山思寂寥。

阴霓侵晚景，海树入回潮。

欲折寒芳荐，明神讵可招。

远水

荡漾空沙际，虚明入远天。

秋光照不极，鸟影去无边。

势引长云断，波轻片雪连。

汀洲杳难别，万古覆苍烟。

赠别北客

君生游侠地，感激气何高。

饮尽玉壶酒，赠留金错刀。

雁关飞霰雪，鲸海落云涛。

决去如征鸟，离心空自劳。

山行偶作

缘危路忽穷，投宿值樵翁。

鸟下山含暝，蝉鸣露滴空。

石门斜月入，云窦暗泉通。

寂寞生幽思，心疑旧隐同。

巴江夜猿

日饮巴江水，还啼巴岸边。

秋声巫峡断，夜影楚云连。

露滴青枫树，山空明月天。

谁知泊船者，听此不能眠。

送田使君牧蔡州

主意思政理，牧人官不轻。

树多淮右地，山远汝南城。

望稼周田隔，登楼楚月生。

悬知蒋亭下，渚鹤伴闲行。

雀台怨

魏宫歌舞地，蝶戏鸟还鸣。

玉座人难到，铜台雨滴平。

西陵树不见，漳浦草空生。

万恨尽埋此，徒悬千载名。

早发故园

语别在中夜，登车离故乡。

曙钟寒出岳，残月迥凝霜。

风柳条多折，沙云气尽黄。

行逢海西雁，零落不成行。

赠别江客

湘中有岑穴，君去挂帆过。

露细兼葭广，潮回岛屿多。

汀洲延夕照，枫叶坠寒波。

应使同渔者，生涯许钓歌。

宿翠微寺

处处松阴满，樵开一径通。

鸟归云壑静，僧语石楼空。

积翠含微月，遥泉韵细风。

经行心不厌，忆在故山中。

霁后寄白阁僧

苍翠霾高雪，西峰鸟外看。

久披山衲坏，孤坐石床寒。

盥手水泉滴，燃灯夜烧残。

终期老云峤，煮药伴中餐。

送僧归金山寺

金陵山色里，蝉急向秋分。

迴寺横洲岛，归僧渡水云。

夕阳依岸尽，清磬隔潮闻。

遥想禅林下，炉香带月焚。

新秋雨霁宿王处士东郊

夕阳逢一雨，夜木洗清阴。

露气竹窗静，秋光云月深。

煎尝灵药味，话及故山心。

得意两不寐，微风生玉琴。

关山曲二首

金甲耀兜鍪，黄云拂紫骝。

叛羌旗下戮，陷壁夜中收。

霜霰戎衣月，关河碛气秋。

箭疮殊未合，更遣击兰州。

火发龙山北，中宵易左贤。

勒兵临汉水，惊雁散胡天。

木落防河急，军孤受敌偏。

犹闻汉皇怒，按剑待开边。

塞下曲二首

旌旗倒北风，霜霰逐南鸿。

夜救龙城急，朝焚虏帐空。

骨销金镞在，鬓改玉关中。

却想羲轩世，无人尚战功。

广漠云凝惨，日斜飞霰生。

烧山搜猛兽，伏道击回兵。

风折旗竿曲，沙埋树杪平。

黄云飞旦夕，偏奏苦寒声。

广陵曲

葱茏桂树枝，高系黄金羁。

叶隐青蛾翠，花飘白玉墀。

上鸣间关鸟，下醉游侠儿。

炀帝国已破，此中都不知。

送人游蜀

别离杨柳陌，迢递蜀门行。

若听清猿后，应多白发生。

红霓侵栈道，风雨杂江声。

过尽愁人处，烟花是锦城。

宿无可上人房

稀逢息心侣，细话远山期。

河汉秋深夜，杉梧露滴时。

风传林磬久，月掩草堂迟。

坐卧禅心在，浮生皆不知。

旅次夏州

嘶马发相续，行次夏王台。

锁郡云阴暮，鸣箛烧色来。

霜繁边上宿，鬓改碛中回。

怅望胡沙晚，惊蓬朔吹催。

同庄秀才宿镇星观

的的星河落，沾苔复洒松。

湿光微泛草，石翠澹摇峰。

野观云和月，秋城漏间钟。

知君亲此境，九陌少相逢。

鹳雀楼晴望

尧女楼西望，人怀太古时。

海波通禹凿，山木闭虞祠。

鸟道残虹挂，龙潭返照移。

行云如可驭，万里赴心期。

赠淮南将

何事淮南将，功高业未成。

风涛辞海郡，雷雨镇山营。

度碛黄云起，防秋白发生。

密机曾制敌，忧国更论兵。

塞色侵旗动，寒光锁甲明。

自怜心有作，独立望专征。

寄贾岛

海上不同来，关中俱久住。

寻思别山日，老尽经行树。

志业人未闻，时光鸟空度。

风悲汉苑秋，雨滴秦城暮。

佩玉与锵金，非亲亦非故。

朱颜枉自毁，明代空相遇。

岁晏各能归，心知旧歧路。

湘川吊舜

伊予生好古，吊舜苍梧间。

白日坐将没，游波疑不还。

九疑云动影，旷野竹成斑。

雁集兼葭渚，猿啼雾露山。

南风吹早恨，瑶瑟怨长闲。

元化谁能问，天门恨久关。

送僧归闽中旧寺

寺隔海山遥，帆前落叶飘。

断猿通楚塞，惊鹭出兰桡。

星月浮波岛，烟萝渡石桥。

钟声催野饭，秋色落寒潮。

旧社人多老，闲房树半凋。

空林容病士，岁晚待相招。

寄远

坐想亲爱远，行嗟天地阔。

积疹甘毁颜，沉忧更销骨。

迢迢游子心，望望归云没。

乔木非故里，高楼共明月。

夜深秋风多，闻雁来天末。

冬日寄河中杨少尹

黄河岸柳衰，城下渡流澌。

年长从公懒，天寒入府迟。

家山望几遍，魏阙赴何时。

怀古心谁识，应多谒舜祠。

寄西岳白石僧

挂锡中峰上，经行踏石梯。

云房出定后，岳月在池西。

峭壁残霞照，欹松积雪齐。

年年着山屐，曾得到招提。

同州冬日陪吴常侍闲宴

中天白云散，集客郡斋时。

陶性聊飞爵，看山忽罢棋。

雪花凝始散，木叶脱无遗。

静理良多暇，招邀惬所思。

题僧禅院

虚室焚香久，禅心悟几生。

滤泉侵月起，扫径避虫行。

树隔前朝在，苔滋废渚平。

我来风雨夜，像设一灯明。

怀故山寄贾岛

心偶羡明代，学诗观国风。

自从来阙下，未胜在山中。

丹桂日应老，白云居久空。

谁能谢时去，聊与此生同。

灞上秋居

灞原风雨定，晚见雁行频。

落叶他乡树，寒灯独夜人。

空园白露滴，孤壁野僧邻。

寄卧郊扉久，何门致此身。

寄崇德里居作

扫君园林地，泽我清凉襟。

高乌云路晚，孤蝉杨柳深。

风微汉宫漏，月迥秦城砧。

光景坐如此，徒怀经济心。

留别定襄卢军事

行行与君别，路在雁门西。

秋色见边草，军声闻戍鼙。

酣歌击宝剑，跃马上金堤。

归去咸阳里，平生志不迷。

送杜秀才东游

羁游年复长，去日值秋残。

草出函关白，云藏野渡寒。

鸿多霜雪重，山广道途难。

心事何人识，斗牛应数看。

怀黄颇

有客南浮去，平生与我同。

炎州结遥思，芳杜采应空。

秦雁归侵月，湘猿戏袅枫。

期君翼明代，未可恋山中。

陇上独望

斜日挂边树，萧萧独望间。

阴云藏汉垒，飞火照胡山。

陇首行人绝，河源夕鸟还。

谁为立勋者，可惜宝刀闲。

长安书怀

歧路今如此，还堪恸哭频。

关中成久客，海上老诸亲。

谷口田应废，乡山草又春。

年年销壮志，空作献书人。

邯郸驿楼作

芜没丛台久，清漳废御沟。

蝉鸣河外树，人在驿西楼。

云烧天中赤，山当日落秋。

近郊经战后，处处骨成丘。

别家后次飞狐西即事

远归从此别，亲爱失天涯。

去国频回首，方秋不在家。

鸣蜇闻塞路，冷雁背龙沙。

西次桑干曲，洲中见荻花。

题青龙寺镜公房

一室意何有，闲门为我开。

炉香寒自灭，履雪饭初回。

窗迥孤山入，灯残片月来。

禅心方此地，不必访天台。

边城独望

聊凭危堞望，倍起异乡情。

霜落蒹葭白，山昏雾露生。

河滩胡雁下，戎垒汉鼙惊。

独树残秋色，狂歌泪满缨。

旅次寄贾岛兼简无可上人

相思边草长，回望水连空。

雁过当行次，蝉鸣复客中。

壮年看即改，羸病计多同。

倘宿林中寺，深凭问远公。

寄剡中友人

故人今在剡，秋草意如何？

岭暮云霞杂，潮回岛屿多。

沃洲僧几访，天姥客谁过。

岁晚偏相忆，风生隔楚波。

送国子韦丞

临水独相送，归期千里间。

云回逢过雨，路转入连山。

一骑行芳草，新蝉发故关。

遥聆茂陵下，夜启竹扉闲。

题吴发原南居

闲居谁厌僻，门掩汉祠前。

山色夏云映，树阴幽草连。

晴光分渚曲，绿气冒原田。

何日远游罢，高枝已噪蝉。

洛中寒夜姚侍御宅怀贾岛

夜木动寒色，洛阳城阙深。

如何异乡思，更抱故人心。

微月关山远，闲阶霜霰侵。

谁知石门路，待与子同寻。

征妇叹

稚子在我抱，送君登远道。

稚于今已行，念君上边城。

蓬根既无定，蓬子焉用生？

但见请防胡，不闻言罢兵。

及老能得归，少者还长征。

山中寄姚合员外

朝与城阙别，暮同麋鹿归。

鸟鸣松观静，人过石桥稀。

木叶摇山翠，泉痕入洞扉。

敢招仙署客，暂此拂朝衣。

中秋月

阴魄出海上，望之增苦吟。

冷搜俪颔重，寒彻蚌胎深。

皓气笼诸夏，清光射万岑。

悠然天地内，皎洁一般心。

下第寄友人

金门君待问，石室我思归。

圣主尊黄屋，何人荐白衣？

年来御沟柳，赠别雨霏霏。

寄广州杨参军

甫方春景好，念子缓归心。

身方脱野服，冠未系朝簪。

足恣于生赏，无虞外役侵。

汀洲观鸟戏，向月和猿吟。

税驾楚山广，扬帆湘水深。

采奇搜石穴，怀胜即枫林。

怅望极霞际，流情堕海阴。

前期杳难问，叹息洒鸣琴。

答太原从事杨员外送别

君将海月佩，赠之光我行。

见知言不浅，怀报意非轻。

返照临歧思，中年未达情。

河梁人送别，秋汉雁相鸣。

衰柳摇边吹，寒云冒古城。

西游还献赋，应许托平生。

送韩校书江西从事

出关寒色尽，云梦草生新。

雁背岳阳雨，客行江上春。

遥程随水阔，枉路倒帆频。

夕阳临孤馆，朝霞发广津。

湖山潮半隔，郡壁岸斜邻。

自此钟陵道，裁书有故人。

送顾少府之永康

婺女星边去，春生即有花。

寒关云复雪，古渡草连沙。

宿次吴江晚，行侵日微斜。

官传梅福政，县顾赤松家。

烧起明山翠，潮回动海霞。

清高宜阅此，莫叹近天涯。

幽上留别令狐侍郎

自别丘中隐，频年哭路歧。

辛勤今若是，少壮岂多时。

露滴阴虫苦，秋声远客悲。

晚营严鼓角，红叶拂旌旗。

北阙虚延望，西林久见思。

川流寒水急，云返故山迟。

落照游人去，长空独鸟随。

不堪风景隔，忠信寡相知。

襄阳席上呈于司空

花枝临水复临堤，也照清江也照泥。

寄语东君好抬举，夜来曾伴凤凰栖。

宿裴氏溪居怀厉玄先辈

树下孤石坐，草间微有霜。

同人不同北，云鸟自南翔。

迢递夜山色，清冷泉月光。

西风耿离抱，江海遥相望。

集宿姚殿中宅期僧无可不至

殿中日相命，开尊话旧时。

余钟催鸟绝，积雪阻僧期。

林静寒光远，天阴曙色迟。

今夕复何夕，人谒去难追。

宿贾岛原居

寒雁过原急，渚边秋色深。

烟霞向海岛，风雨宿园林。

俱住明时愿，同怀故国心。

未能先隐迹，聊此一相寻。

赠别空公

云门秋却入，微径久无人。

后夜中峰月，空林百衲身。

寂聊寒磐尽，盥漱瀑泉新。

履迹谁相见，松风扫石尘。

府试观开元皇帝东封图

俨若翠华举，登封图乍开。

冕旒明主立，冠剑侍臣陪。

迹类飞仙去，光同拜日来。

粉痕疑检玉，黛色讶生苔。

挂壁云将起，陵风仗若回。

何年复东幸，鲁叟望悠哉。

府试水始冰

南池寒色动，北陆岁阴生。

薄薄流渐聚，漓漓翠潋平。

暗沾霜稍厚，回照日还轻。

乳窦悬残滴，湘流减恨声。

即堪金井贮，会映玉壶清。

洁白心谁识，空期饮此明。

边馆逢贺秀才

贫病无疏我与君，不知何事久离群！

鹿裘共弊同为客，龙阙将移拟献文。

空馆夕阳鸦绕树，荒城寒色雁和云。

不堪吟断边笳晓，叶落东西客又分。

宿王屋天坛

星斗半沉苍翠色，红霞远照海涛分。

折松晓拂天坛雪，投简寒窥玉洞云。

绝顶醮回人不见，深林磬度鸟应闻。

未知谁与传金箓，独向仙祠拜老君。

岐阳逢曲阳故人话旧

异地还相见，平生分可知。

壮年俱欲暮，往事尽堪悲。

道路频艰阻，亲朋久别离。

解兵逃白刃，谒帝值明时。

淹疾生涯故，因官事业移。

鸡鸣关月落，雁度朔风吹。

客泪翻岐下，乡心落海湄。

积愁何计遣，满酌浣相思。

赠禅僧

弟子人天遍，童年在沃洲。

开禅山木长，浣衲海沙秋。

振锡摇汀月，持瓶接瀑流。

赤城何日上，鄙愿从师游。

题庐山寺

白茅为屋宇编荆，数处阶墀石叠成。

东谷言笑西谷响，下方云雨上方晴。

鼠惊樵客缘苍壁，猿戏山头撼紫柽。

别有一条投涧水，竹筒斜引入茶铛。

题石瓮寺

僧室并皇宫，云门辇路同。

渭分双阙北，山迥五陵东。

修绠悬林表，深泉汲洞中。

人烟窥垤蚁，鸳瓦拂冥鸿。

薜壁松生峭，龛灯月照空。

稀逢息心侣，独礼竺乾公。

谒仙观二首

我生求羽化，斋沐造仙居。

葛蔓没丹井，石函盛道书。

寒松多偃侧，灵洞遍清虚。

一就泉西饮，云中采药蔬。

山空蕙气香，乳管折云房。

愿值壶中客，亲传肘后方。

三更礼星斗，寸匕服丹霜。

默坐树阴下，仙经横石床。

送朴山人归新罗

浩渺行无极，扬帆但信风。

云山过海半，乡树入舟中。

波定遥天出，沙平远岸穷。

离心寄何处，目断曙霞东。

题静住寺钦用上人房

寺近朝天路，多闻玉佩音。

鉴人开慧眼，归鸟息禅心。

磬接星河曙，窗连夏木深。

此中能宴坐，何必在云林。

赠杨先辈

平生闲放久，野鹿许为群。

居止邻西岳，轩窗度白云。

斋心饭松子，话道接茅君。

汉主思清净，休书谏猎文。

酬李景章先辈

平生诗句忝多同，不得陪君奉至公。

金镝自宜先中鹄，铅刀甘且学雕虫。

莺啼细柳临关路，燕接飞花绕汉宫。

九陌芳菲人竞赏，此时心在别离中。

赠祠部令狐郎中

官初执宪称雄才，省转为郎雅望催。

待制松阴移玉殿，分宵露气静天台。

算棋默向孤云坐，随鹤闲穷片云回。

忽忆十年相识日，小儒新自海边来。

送册东夷王使

越海传金册，华夷礼命行。

片帆秋色动，万里信潮生。

日映孤舟出，沙连绝岛明。

翳空翻大鸟，飞雪洒长鲸。

旧鬓回应改，遐荒梦易惊。

何当理风楫，天外问来程。

送武陵王将军

河外今无事，将军有战名。

艰难长剑缺，功业少年成。

晓仗亲云陛，寒宵突禁营。

朱旗身外色，玉漏耳边声。

开阁谈宾至，调弓过雁惊。

为儒多不达，见学请长缨。

赠户县尉李先辈二首

同人家户杜，相见罢官时。
野坐苔生石，荒居菊入篱。
听蝉临水久，送鹤背山迟。
未拟还城阙，溪僧别有期。

休官不到阙，求静匪营他。
种药唯愁晚，看云肯厌多？
渚边逢鹭下，林表伴僧过。
闲检仙方试，松花酒自和。

下第别令狐员外

论文期雨夜，饮酒及芳晨。
坐叹百花发，潜惊双鬓新。
旧交多得路，别业远仍贫。
便欲辞知己，归耕海上春。

送春坊董正字浙右归觐

去觐毗陵日，秋残建业中。

莎垂石城古，山阔海门空。

灌木寒樯远，层波皓月同。

何当复雠校，春集少阳宫。

送和北虏使

路始阴山北，迢迢雨雪天。

长城人过少，沙碛马难前。

日入流沙际，阴生瀚海边。

刀环向月动，旌纛冒霜悬。

逐兽孤围合，交兵一箭传。

穹庐移斥候，烽火绝祁连。

汉将行持节，胡儿坐控弦。

明妃的回面，南送使君旋。

抒情留别并州从事

浅学常自鄙，谬承贤达知。

才希汉主召，玉任楚人疑。

年长惭漂泊，恩深惜别离。

秋光独鸟过，暝色一蝉悲。

鹤发生何速，龙门上苦迟。

雕虫羞朗鉴，干禄贵明时。

故国诚难返，青云致未期。

空将感激泪，一自洒临岐。

酬田卿送西游

华堂开翠簟，惜别玉壶深。

客去当烦暑，蝉鸣复此心。

废城乔木在，古道浊河侵。

莫虑西游远，西关绝陇阴。

雪中送青州薛评事

腊景不可犯，从戎难自由。

怜君急王事，走马赴边州。

岳雪明日观，海云冒营丘。

惭无斗酒泻，敢望御重裘。

哭京兆庞尹

神州丧贤尹，父老泣关中。

未尽群生愿，才留及物功。

清光沉皎月，素业振遗风。

履迹莓苔掩，珂声紫陌空。

从来受知者，会葬汉陵东。

路旁树

古树何人种，清阴减昔时。

莓苔根半露，风雨节偏危。

虫蠹心将穴，蝉催叶向衰。

樵童不须觌，聊起邵公思。

送客南游

拟卜何山隐，高秋指岳阳。

苇干云梦色，橘熟洞庭香。

疏雨残虹影，回云背鸟行。

灵均如可问，一为哭清湘。

寄襄阳王公子

君马勒金羁，君家贮玉笄。

白云登岘首，碧树醉铜鞮。

泽广荆州北，山多汉水西。

鹿门知不隐，芳草自萋萋。

集宿姚侍御宅怀永乐宰殷侍御

石田虞芮接，种树白云阴。

穴闭神踪古,河流禹凿深。

樵人应满郭,仙鸟几巢林。

此会偏相语,曾供雪夜吟。

易水怀古

荆卿西去不复返,易水东流无尽期。

落日萧条蓟城北,黄沙白草任风吹。

送僧二首

亲在平阳忆久归,洪河雨涨出关迟。

独过旧寺人稀识,一一杉松老别时。

龛中破衲自持行,树下禅床坐一生。

来往白云知岁久,满山猿鸟会经声。

赠友人边游回

游子新从绝塞回,自言曾上李陵台。

尊前语尽北风起,秋色萧条胡雁来。

山中作

屐齿无泥竹策轻，莓苔梯滑夜难行。

独开石室松门里，月照前山空水声。

出塞词

金带连环束战袍，马头冲雪度临洮。

卷旗夜劫单于帐，乱斫胡儿缺宝刀。

寄云台观田秀才

云压松枝拂石窗，幽人独坐鹤成双。

晚来漱齿敲冰渚，闲读仙书倚翠幢。

边上送杨侍御鞫狱回

狱成冤雪晚云开，豸角威清塞雁回。

飞将送迎遥避马，离亭不敢劝金杯。

射雕骑

蕃面将军著鼠裘，酣歌冲雪在边州。
猎过黑山犹走马，寒雕射落不回头。

高司马移竹

丛居堂下幸君移，翠掩灯窗露叶垂。
莫羡孤生在山者，无人看着拂云枝。

秋思二首

万木秋霖后，孤山夕照余。
田园无岁计，寒尽忆樵渔。
亭树霜霰满，野塘凫鸟多。
蕙兰不可折，楚老徒悲歌。

黄神谷纪事

霹雳振秋岳，折松横洞门。
云龙忽变化，但觉玉潭昏。

过亡友墓

忆昨送君葬，今看坟树高。
寻思后期者，只是益生劳。

闻瀑布冰折

万仞冰峭折，寒声投白云。
光摇山月堕，我向石床闻。

赠道者

深居白云穴，静注赤松经。
往往龙潭上，焚香礼斗星。

华下逢杨侍御

巨灵掌上月，玉女盆中泉。
柱史息车看，孤云心浩然。

新春闻赦

道在猜谗息，仁深疾苦除。
尧聪能下听，汤网本来疏。

送李侍御福建从事

晋安来越国，蔓草故宫迷。
钓渚龙应在，琴台鹤乱栖。
泛涛明月广，边海众山齐。
宾府通兰棹，蛮僧接石梯。
片云和瘴湿，孤屿映帆低。
上客多诗兴，秋猿足夜啼。

酬刑部姚郎中

路歧人不见，尚得记心中。

月忆潇湘渚，春生兰杜丛。

鸟啼花半落，人散爵方空。

所赠诚难答，泠然一榻风。

送柳秀才往连州看弟

离人非逆旅，有弟谪连州。

楚雨沾猿暮，湘云拂雁秋。

兼葭行广泽，星月棹寒流。

何处江关锁，风涛阻客愁。

晚眺有怀

默默抱离念，旷怀成怨歌。

高台试延望，落照在寒波。

此地芳草歇，旧山乔木多。

悠然暮天际，但见鸟相过。

别灵武令狐校书

北风吹别思，落月度关河。

树隐流沙短，山平近塞多。

雁池戎马饮，雕帐戍人过。

莫虑行军苦，华夷道正和。

田氏南楼对月

主人同露坐，明月在高台。

咽咽阴虫叫，萧萧寒雁来。

影摇疏木落，魄转曙钟开。

幸免丹霞映，清光溢酒杯。

送宗密上人

门前九陌尘，石上定中身。

近放辽天鹤，曾为南岳人。

腊高松叶换，雪尽茗芽新。

一自传香后，名山愿卜邻。

失意书怀呈知己

直道何由启圣君，非才谁敢议论文。

心存黄箓与丹诀，家忆青山与白云。

麋鹿幽栖闲可近，鸳鸾高举势宜分。

微生不学刘琨辈，剑刃相交拟立勋。

宿阳台观

玉洞仙何在，炉香客自焚。

醮坛围古木，石磬响寒云。

曙月孤霞映，悬流峭壁分。

心知人世隔，坐与鹤为群。

中秋夜坐有怀

秋光动河汉，耿耿曙难分。

堕露垂丛药，残星间薄云。

心悬赤城峤，志向紫阳君。

雁过海风起，萧萧时独闻。

送道友人天台山作

却忆天台去，移居海岛空。

观寒琪树碧，雪浅石桥通。

漱齿飞泉外，餐霞早境中。

终期赤城里，披氅与君同。

江中遇客

危石江中起，孤云岭上还。

相逢皆得意，何处是乡关？

过潜岳

塞上征兵久，淮南赋敛多。

抱琴方此去，为县欲如何？

潜岳积苍翠，皖溪生素波。

真君松庙近，公退为谁过？

送淮阳县令

荒堤杨柳烟，孤棹正悠然。

萧寺通淮戍，芜城枕楚田。

鱼盐桥上市，灯火雨中船。

故老青葭岸，先知宓子贤。

蛮家

领得卖珠钱，还归铜柱边。

看儿调小象，打鼓放新船。

醉后眠神树，耕时语瘴烟。

又逢衰蹇老，相问莫知年。

题镜湖野老所居

湖里寻君去，樵风往返吹。
树喧巢鸟出，路细莳田移。
沤苎成渔网，枯根是酒卮。
老年唯自适，生事任群儿。

送王道士

真人俄整舄，双鹤屡飞翔。
恐入壶中住，须传肘后方。
霓裳云气润，石径术苗香。
一去何时见，仙家日月长。

题章野人山居

带郭茅草诗兴饶，回看一曲倚危桥。
门前山色能深浅，壁上湖光自动摇。

闲花散落填书帙，戏鸟低飞碍柳条。

向此隐来经几载，如今已是汉家朝。

期王炼师不至

黄精蒸罢洗琼杯，林下从留石上苔。

昨日围棋未终局，多乘白鹤下山来。

秋日送僧志幽归山寺

禅室绳床在翠微，松间荷笠一僧归。

磬声寂历宜秋夜，手冷灯前自衲衣。

断句

申胥任向秦庭哭，靳尚终贻楚国忧。

刘叉诗集

刘叉，元和时人。少任侠，因酒杀人，亡命，会赦出，更折节读书，能为歌诗。闻韩愈接天下士，步归之，作《冰柱》、《雪车》二诗。后以争语不能下宾客，因持愈金数斤去，曰："此谀墓中人得耳，不若与刘君为寿。"遂行，归齐鲁，不知所终。其诗诗风峻怪，才气纵横，辞多悲慨不平之声，如刀剑相击，铿锵作响。代表作有《偶书》、《代牛言》、《冰柱》、《雪车》、《勿执古寄韩潮州》、《姚秀才爱予小剑因赠》、《塞上逢卢仝》等。其中以《冰柱》、《雪车》和《偶书》三首为最善。诗一卷（全唐诗中卷第三百九十五）。

偶书

日出扶桑一丈高，人间万事细如毛。

野夫怒见不平处，磨损胸中万古刀。

代牛言

渴饮颍水流，饿喘吴门月。

黄金如可种，我力终不竭。

姚秀才爱予小剑因赠

一条古时水，向我手心流。

临行泻赠君，勿薄细碎仇。

勿执古寄韩潮州

古人皆执古，不辞冻饿悲。

今人亦执古，自取行坐危。

老菊凌霜葩，狞松抱雪姿。

武王亦至明，宁哀首阳饥。

仲尼岂非圣，但为互乡嗤。

寸心生万路，今古梦若丝。

逐逐行不尽，茫茫休者谁。

来恨不可遏，去悔何足追。

玉石共笑唾，驽骥相奔驰。

请君勿执古，执古徒自隳。

答孟东野

酸寒孟夫子，苦爱老叉诗。

生涩有百篇，谓是琼瑶辞。

百篇非所长，忧来豁穷悲。

唯有刚肠铁，百炼不柔亏。

退之何可骂，东野何可欺。

文王已云没，谁顾好爵縻。

生死守一丘，宁计饱与饥。

万事付杯酒，从人笑狂痴。

自古无长生劝姚合酒

奉子一杯酒，为子照颜色。

但愿腮上红，莫管颏下白。

自古无长生，生者何戚戚。

登山勿厌高，四望都无极。

丘陇逐日多，天地为我窄。

只见李耳书，对之空脉脉。

何曾见天上，著得刘安宅。

若问长生人，昭昭孔丘籍。

独饮

尽欲调太羹，自古无好手。

所以山中人，兀兀但饮酒。

作诗

作诗无知音，作不如不作。

未逢赓载人，此道终寂寞。

有虞今已殁，来者谁为托。

朗咏豁心胸，笔与泪俱落。

天津桥

洛阳宫阙照天地，四面山川无毒气。

谁令汉祖都秦关，从此奸雄转相炽。

嘲荆卿

白虹千里气，血颈一剑义。

报恩不到头，徒作轻生士。

莫问卜

莫问卜，人生吉凶皆自速。

伏羲文王若无死，今人不为古人哭。

观八骏图

穆王八骏走不歇，海外去寻长日月。

五云望断阿母宫，归来落得新白发。

经战地

杀气不上天，阴风吹雨血。

冤魂不入地，髑髅哭沙月。

人命固有常，此地何夭折。

野哭

棘针生狞义路闲，野泉相吊声潺潺。

哀哉异教溺颓俗，淳源一去何时还。

古怨

君莫嫌丑妇，丑妇死守贞。

山头一怪石，长作望夫名。

鸟有并翼飞，兽有比肩行。

丈夫不立义，岂如鸟兽情。

狂夫

大妻唱舜歌，小妻鼓湘瑟。

狂夫游冶归，端坐仍作色。

不读关雎篇，安知后妃德。

饿咏

文王久不出，贤士如土贱。

妻孥从饿死，敢爱黄金篆。

自问

自问彭城子，何人授汝颠。

酒肠宽似海，诗胆大于天。

断剑徒劳匣，枯琴无复弦。

相逢不多合，赖是向林泉。

入蜀

望空问真宰，此路为谁开。

峡色侵天去，江声滚地来。

孔明深有意，钟会亦何才。

信此非人事，悲歌付一杯。

塞上逢卢仝

直到桑干北，逢君夜不眠。

上楼腰脚健，怀土眼睛穿。

斗柄寒垂地，河流冻彻天。

羁魂泣相向，何事有诗篇。

爱碣山石

碣石何青青，挽我双眼睛。

爱尔多古峭，不到人间行。

与孟东野

寒衣草木皮，饥饭葵藿根。

不为孟夫子，岂识市井门。

老恨

雪打杉松残，补书书不完。
懒学渭上翁，辛苦把钓竿。

韦应物诗集

京兆长安人。其以五言见长，尤以山水田园诗著名。其诗风格秀郎，气韵澄彻。诗品高洁，他诗学陶公，人亦与之相近。

秋夜寄邱员外

怀君属秋夜，散步咏凉天。
空山松子落，幽人应未眠。

答李瀚

林中观易罢，溪上对鸥闲。
楚俗饶词客，何人最往还。

寄全椒山中道士

今朝郡斋冷，忽念山中客。
涧底束荆薪，归来煮白石。
欲持一瓢酒，远慰风雨夕。
落叶满空山，何处寻行迹。

淮上喜会梁州故人

江汉曾为客，相逢每醉还。
浮云一别后，流水十年间。
欢笑情如旧，萧疏鬓已斑。
何因不归去？淮上有秋山。

初发扬子寄元大校书

凄凄去亲爱，泛泛入烟雾。

归棹洛阳人，残钟广陵树。

今朝为此别，何处还相遇。

世事波上舟，沿洄安得住。

长安遇冯著

客从东方来，衣上灞陵雨。

问客何为来，采山因买斧。

冥冥花正开，扬扬燕新乳。

昨别今已春，鬓丝生几缕。

夕次盱眙县

落帆逗淮镇，停舫临孤驿。

浩浩风起波，冥冥日沈夕。

人归山郭暗，雁下芦洲白。

独夜忆秦关，听钟未眠客。

寺居独夜寄崔主簿

幽人寂无寐，木叶纷纷落。

寒雨暗深更，流萤渡高阁。

坐使青灯晓，还伤夏衣薄。

宁知岁方晏，离居更萧索。

东郊

吏舍局终年，出郊旷清曙。

杨柳散和风，青山澹吾虑。

依丛适自憩，缘涧还复去。

微雨霭芳原，春鸠鸣何处？

乐幽心屡止，遵事迹犹遽。

终罢斯结庐，慕陶真可庶。

赋得暮雨送李曹

楚江微雨里，建业暮钟时。

漠漠帆来重，冥冥鸟去迟。

海门深不见，浦树远含滋。

相送情无限，沾襟比散丝。

寄李儋元锡

去年花里逢君别，今日花开又一年。

世事茫茫难自料，春愁黯黯独成眠。

身多疾病思田里，邑有流亡愧俸钱。

闻道欲来相问讯，西楼望月几回圆？

滁州西涧

独怜幽草涧边生，上有黄鹂深树鸣。

春潮带雨晚来急，野渡无人舟自横。

郡斋雨中与诸文士燕集

兵卫森画戟，宴寝凝清香。

海上风雨至，逍遥池阁凉。

烦疴近消散，嘉宾复满堂。

自惭居处崇，未睹斯民康。

理会是非遣，性达形迹忘。

鲜肥属时禁，蔬果幸见尝。

俯饮一杯酒，仰聆金玉章。

神欢体自轻，意欲凌风翔。

吴中盛文史，群彦今汪洋。

方知大蕃地，岂曰财赋强。

送杨氏女

永日方戚戚，出行复悠悠。

女子今有行，大江溯轻舟。

尔辈苦无恃，抚念益慈柔。

幼为长所育，两别泣不休。

对此结中肠，义往难复留！

自小阙内训，事姑贻我忧。

赖兹托令门，仁恤庶无尤。

贫俭诚所尚，资从岂待周？

孝恭遵妇道，容止顺其猷。

别离在今晨，见尔当何秋。

居闲始自遣，临感忽难收。

归来视幼女，零泪缘缨流。

杜审言诗集

　　杜审言（公元648？～708年），初唐的一位重要诗人，杜甫的祖父。他的诗以浑厚见长，精于律诗，尤工五律。他对律诗的定型作出了杰出的贡献，由此也奠定了他在诗歌发展史中的地位。杜甫有云："吾祖诗冠古。"史称杜审言有文集十卷，大多散佚不闻。现存最早的《杜审言集》是宋刻一卷本，收诗四十三首。《全唐诗》所收亦此数，并按体裁编次，计有五言古体二，五律二十八，七律三，五言排律七，七绝三。

送和西蕃使

使出凤皇池，京师阳春晚。

圣朝尚边策，诏谕兵戈偃。

拜手明光殿，摇心上林苑。

种落逾青羌，关山度赤坂。

疆场及无事，雅歌而餐饭。

宁独锡和戎，更当封定远。

蓬莱三殿侍宴奉敕咏终南山应制

北斗挂城边，南山倚殿前。

云标金阙迥，树杪玉堂悬。

半岭通佳气，中峰绕瑞烟。

小臣持献寿，长此戴尧天。

望春亭侍游应诏

帝出明光殿，天临太液池。

尧樽随步辇，舜乐绕行麾。

万寿祯祥献，三春景物滋。

小臣同酌海，歌颂答无为。

宿羽亭侍宴应制

步辇千门出，离宫二月开。

风光新柳报，宴赏落花催。

碧水摇云阁，青山绕吹台。

圣情留晚兴，歌管送余杯。

岁夜安乐公主满月侍宴应制

戚里生昌胤，天杯宴重臣。

画楼初满月，香殿早迎春。

睿作尧君宝，孙谋梁国珍。

明朝元会日，万寿乐章陈。

奉和七夕侍宴两仪殿应制

一年衔别怨，七夕始言归。

敛泪开星靥，微步动云衣。

天迥兔欲落，河旷鹊停飞。

那堪尽此夜，复往弄残机。

赋得妾薄命

草绿长门掩，苔青永巷幽。

宠移新爱夺，泪落故情留。

啼鸟惊残梦，飞花搅独愁。

自怜春色罢，团扇复迎秋。

和韦承庆过义阳公主山池四首

其一

野兴城中发，朝英物外求。

情悬朱绂望，契动赤泉游。

海燕巢书阁，山鸡舞画楼。

雨余清晚夏，共坐北岩幽。

其二

径转危峰逼，桥回缺岸妨。

玉泉移酒味，石髓换粳香。

绡雾青丝弱，牵风紫蔓长。

犹言宴乐少，别向後池塘。

其三

携琴绕碧沙，摇笔弄青霞。

杜若幽庭草，芙蓉曲沼花。

宴游成野客，形胜得山家。

往往留仙步，登攀日易斜。

其四

赏玩期他日，高深爱此时。

池分八水背，峰作九山疑。

地静鱼偏逸，人闲鸟欲欺。

青溪留别兴，更与白云期。

和晋陵陆丞早春游望

独有宦游人，偏惊物候新。

云霞出海曙，梅柳渡江春。

淑气催黄鸟，晴光转绿萍。

忽闻歌古调，归思欲沾巾。

秋夜宴临津郑明府宅

行止皆无地，招寻独有君。

酒中堪累月，身外即浮云。

露白宵钟彻，风清晓漏闻。

坐携余兴往，还似未离群。

和康五庭芝望月有怀

明月高秋迥，愁人独夜看。

暂将弓并曲，翻与扇俱团。

雾濯清辉苦，风飘素影寒。

罗衣一此鉴，顿使别离难。

登襄阳城

旅客三秋至，层城四望开。

楚山横地出，汉水接天回。

冠盖非新里，章华即旧台。

习池风景异，归路满尘埃。

旅寓安南

交趾殊风候，寒迟暖复催。

仲冬山果熟，正月野花开。

积雨生昏雾，轻霜下震雷。

故乡逾万里，客思倍从来。

春日怀归

心是伤归望，春归异往年。

河山鉴魏阙，桑梓忆秦川。

花杂芳园鸟，风和绿野烟。

更怀欢赏地，车马洛桥边。

代张侍御伤美人

二八泉扉掩，帷屏宠爱空。

泪痕消夜烛，愁绪乱春风。

巧笑人疑在，新妆曲未终。

应怜脂粉气，留著舞衣中。

送高郎中北使

北狄愿和亲，东京发使臣。

马衔边地雪，衣染异方尘。

岁月催行旅，恩荣变苦辛。

歌钟期重锡，拜手落花春。

夏日过郑七山斋

共有樽中好，言寻谷口来。

薜萝山径入，荷芰水亭开。

日气含残雨，云阴送晚雷。

洛阳钟鼓至，车马系迟回。

送崔融

君王行出将，书记远从征。

祖帐连河阙，军麾动洛城。

旌旆朝朔气，笳吹夜边声。

坐觉烟尘扫，秋风古北平。

经行岚州

北地春光晚，边城气候寒。

往来花不发，新旧雪仍残。

水作琴中听，山疑画里看。

自惊牵远役，艰险促征鞍。

重九日宴江阴

蟋蟀期归晚，茱萸节候新。

降霜青女月，送酒白衣人。

高兴要长寿，卑栖隔近臣。

龙沙即此地，旧俗坐为邻。

除夜有怀

故节当歌守，新年把烛迎。

冬氛恋虬箭，春色候鸡鸣。

兴尽闻壶覆，宵阑见斗横。

还将万亿寿，更谒九重城。

守岁侍宴应制

季冬除夜接新年，帝子王孙捧御筵。

宫阙星河低拂树，殿廷灯烛上熏天。

弹弦奏节梅风入，对局探钩柏酒传。

欲向正元歌万寿，暂留欢赏寄春前。

春日京中有怀

今年游寓独游秦，愁思看春不当春。

上林苑里花徒发，细柳营前叶漫新。

公子南桥应尽兴，将军西第几留宾。

寄语洛城风日道，明年春色倍还人。

扈从出长安应制

分野都畿列，时乘六御均。

京师旧西幸，洛道此东巡。

文物驱三统，声名走百神。

龙旗萦漏夕，凤辇拂钩陈。

抚迹地灵古，游情皇鉴新。

山追散马日，水忆钓鱼人。

禹食传中使，尧樽遍下臣。

省方称国阜，问道识风淳。

岁晚天行吉，年丰景从亲。

欢娱包历代，宇宙忽疑春。

春日江津游望

旅客摇边思，春江弄晚晴。

烟销垂柳弱，雾卷落花轻。

飞棹乘空下，回流向日平。

鸟啼移几处，蝶舞乱相迎。

忽叹人皆浊，堤防水至清。

谷王常不让，深可戒中盈。

泛舟送郑卿入京

帝坐蓬莱殿，恩追社稷臣。

长安遥向日，宗伯正乘春。

相宅开基地，倾都送别人。

行舟萦渌水，列戟满红尘。

酒助欢娱洽，风催景气新。

此时光乃命，谁为惜无津。

度石门山

石门千仞断，迸水落遥空。

道束悬崖半，桥欹绝涧中。

仰攀人屡息，直下骑才通。

泥拥奔蛇径，云埋伏兽丛。

星躔牛斗北，地脉象牙东。

开塞随行变，高深触望同。

江声连骤雨，日气抱残虹。

未改朱明律，先含白露风。

坚贞深不惮，险涩谅难穷。

有异登临赏，徒为造化功。

赠崔融二十韵

十年俱薄宦，万里各他方。

云天断书札，风土异炎凉。

太息幽兰紫，劳歌奇树黄。

日疑怀叔度，夜似忆真长。

北使从江表，东归在洛阳。

相逢慰畴昔，相对叙存亡。

草深穷巷毁，竹尽故园荒。

雅节君弥固，衰颜余自伤。

人事盈虚改，交游宠辱妨。

雀罗争去翟，鹤氅竞寻王。

思极欢娱至，朋情讵可忘。

琴樽横宴席，岩谷卧词场。

连骑追佳赏，城中及路旁。

三川宿雨霁，四月晚花芳。

复此开悬榻，宁唯入後堂。

兴酣鸲鹆舞，言洽凤凰翔。

高选俄迁职，严程已饬装。

抚躬衔道义，携手恋辉光。

玉振先推美，金铭旧所防。

勿嗟离别易，行役共时康。

赠苏味道

北地寒应苦，南庭戍未归。

边声乱羌笛，朔气卷戎衣。

雨雪关山暗，风霜草木稀。

胡兵战欲尽，汉卒尚重围。

云净妖星落，秋深塞马肥。

据鞍雄剑动，插笔羽书飞。

舆驾还京邑，朋游满帝畿。

方期来献凯，歌舞共春辉。

赠苏绾书记

知君书记本翩翩，为许从戎赴朔边。

红粉楼中应计日，燕支山下莫经年。

渡湘江

迟日园林悲昔游，今春花鸟作边愁。

独怜京国人南窜，不似湘江水北流。

戏赠赵使君美人

红粉青娥映楚云，桃花马上石榴裙。

罗敷独向东方去，谩学他家作使君。

崔颢诗集

崔颢，汴州人。开元十一年源少良下及进士第。天

宝中为尚书司勋员外郎。少年为诗，意浮艳，多陷轻薄；晚节忽变常体，风骨凛然。有诗一卷，今行。（元辛文房《唐才子传》卷一）

赠王威古

三十羽林将，出身常事边。

春风吹浅草，猎骑何翩翩。

插羽两相顾，鸣弓新上弦。

射麋入深谷，饮马投荒泉。

马上共倾酒，野中聊割鲜。

相看未及饮，杂胡寇幽燕。

烽火去不息，胡尘高际天。

长驱救东北，战解城亦全。

报国行赴难，古来皆共然。

古游侠呈军中诸将

少年负胆气，好勇复知机。

仗剑出门去，孤城逢合围。

杀人辽水上，走马渔阳归。

错落金锁甲，蒙茸貂鼠衣。

还家且行猎，弓矢速如飞。

地迥鹰犬疾，草深狐兔肥。

腰间带两绶，转盼生光辉。

顾谓今日战，何如随建威？

赠轻车

悠悠远行归，经春涉长道。

幽冀桑始青，洛阳蚕欲老。

忆昨戎马地，别时心草草。

烽火从北来，边城闭常早。

平生少相遇，未得展怀抱。

今日杯酒间，见君交情好。

辽西作

燕郊芳岁晚，残雪冻边城。

四月青草合，辽阳春水生。

胡人正牧马，汉将日征兵。

露重宝刀湿，沙虚金鼓鸣。

寒衣著已尽，春服与谁成？

寄语洛阳使，为传边塞情。

赠怀一上人

法师东南秀，世实豪家子。

削发十二年，诵经峨眉里。

自此照群蒙，卓然为道雄。

观生尽入妄，悟有皆成空。

净体无众染，苦心归妙宗。

一朝敕书至，召入承明宫。

说法金殿里，焚香青禁中。

传灯遍都邑，杖锡游王公。

天子揖妙道，群僚趋下风。

我法本无着，时来出林壑。

因心得化城，随病皆与药。

上启黄屋心，卜除苍生缚。

一从入君门，说法无朝昏。

帝作转轮王，师为持戒尊。

轩风洒甘露，佛雨生慈根。

但有灭度理，而生开济恩。

复闻江海曲，好杀成风俗。

帝曰我上人，为除膻腥欲。

是日发西秦，东南至蕲春。

风将衡桂接，地与吴楚邻。

旧少清信士，实多渔猎人。

一闻吾师至，舍网江湖滨。

作礼忏前恶，洁诚期后因。

因成日既久，事济身不守。

更出淮楚间，复来荆河口。

荆河马卿岑，兹地近道林。

入讲鸟常狎，坐禅兽不侵。

都非缘未尽，曾是教所任。

故我一来事，永承微妙音。

竹房见衣钵，松宇清身心。

早悔业至浅，晚成计可寻。

善哉远公义，清净如黄金。

结定襄郡狱效陶体

我在河东时，使往定襄里。

定襄诸小儿，争讼纷城市。

长老莫敢言，太守不能理。

谤书盈几案，文墨相填委。

牵引肆中翁，追呼田家子。

我来折此狱，五听辨疑似。

小大必以情，未尝施鞭棰。

是时三月暮，遍野农耕起。

里巷鸣春鸠，田园引流水。

此乡多杂俗，戎夏殊音旨。

顾问边塞人，劳情曷云已。

杂诗

可怜青铜镜，挂在白玉堂。

玉堂有美女，娇弄明月光。

罗袖拂金鹊，彩屏点红妆。

妆罢含情坐，春风桃李香。

游天竺寺

晨登天竺山，山殿朝阳晓。

涧泉争喷薄，江岫相萦绕。

直上孤顶高，平看众峰小。

南州十二月，地暖冰雪少。

青翠满寒山，藤萝覆冬沼。

花凫瀑布侧，青壁石林杪。

鸣钟集人天，施饭聚猿鸟。

洗意归清净，澄心悟空了。

始知世上人，万物一何扰。

入若耶溪

轻舟去何疾，已到云林境。

起坐鱼鸟间，动摇山水影。

岩中响自答，溪里言弥静。

事事令人幽，停桡向余景。

川上女

川上女，晚妆鲜。

日落青渚试轻楫，汀长花满正回船。

暮来浪起风转紧，自言此去横塘近。

绿江无伴夜独行，独行心绪愁无尽。

代闺人答轻薄少年

妾家近隔凤凰池，粉壁纱窗杨柳垂。

本期汉代金吾婿，误嫁长安游侠儿。

儿家夫婿多轻薄，借客探丸重然诺。

平明挟弹入新丰，日晚挥鞭出长乐。

青丝白马冶游园，能使行人驻马看。

自矜陌上繁华盛，不念闺中花鸟阑。

花间陌上春将晚，走马斗鸡犹未返。

三时出望无消息，一去那知行近远？

桃李花开覆井栏，朱楼落日卷帘看。

愁来欲奏相思曲，抱得秦筝不忍弹。

长安道

长安甲第高入云，谁家居住霍将军。

日晚朝回拥宾从，路傍揖拜何纷纷。

莫言炙手手可热，须臾火尽灰亦灭。

莫言贫贱即可欺，人生富贵自有时。

一朝天子赐眼色，世事悠悠应始知。

渭城少年行

洛阳三月梨花飞，秦地行人春忆归。

扬鞭走马城南陌，朝逢驿使秦川客。

驿使前日发章台，传道长安春早来。

棠梨宫中燕初至，葡萄馆里花正开。

念此使人归更早，三月便达长安道。

长安道上春可怜，摇风荡日曲江边。

万户楼台临渭水，五陵花柳满秦川。

秦川寒食盛繁华，游子春来不见家。

斗鸡下杜尘初合，走马章台日半斜。

章台帝城称贵里，青楼日晚歌钟起。

贵里豪家白马骄，五陵年少不相饶。

双双挟弹来金市，两两鸣鞭上渭桥。

渭城桥头酒新熟，金鞍白马谁家宿。

可怜锦瑟筝琵琶，玉台清酒就倡家。

下妇春来不解羞，娇歌一曲杨柳花。

行路难

君不见建章宫中金明枝，万万长条拂地垂。

二月三月花如霰，九重幽深君不见。

艳彩朝含四宝宫，香风吹入朝云殿。

汉家宫女春未阑，爱此芳香朝暮看。

看去看来心不忘，攀折将安镜台上。

双双素手剪不成，两两红妆笑相向。

建章昨夜起春风，一花飞落长信宫。

长信丽人见花泣，忆此珍树何嗟及。

我昔初在昭阳时，朝攀暮折登玉墀。

只言岁岁长相对，不悟今朝遥相思。

雁门胡人歌

高山代郡东接燕，雁门胡人家近边。

解放胡鹰逐塞鸟，能将代马猎秋田。

山头野火寒多烧，雨里孤峰湿作烟。

闻道辽西无斗战，时时醉向酒家眠。

七夕宴悬圃二首

长安城中月如练，家家此时持针线。

仙裙玉佩空自知，天上人间不相见。

长信深阴夜转幽，瑶阶金阁数萤流。

班姬此夕愁无限，河汉三更看斗牛。

江畔老人愁

江南年少十八九，乘舟欲渡青溪口。

青溪口边一老翁，鬓眉皓白已衰朽。

自言家代仕梁陈，垂朱拖紫三十人。

两朝出将复入相，五世叠鼓乘朱轮。

父兄三叶皆尚主，子女四代为妃嫔。

南山赐田接御苑，北宫甲第连紫宸。

直言荣华未休歇，不觉山崩海将竭。

兵戈乱入建康城，烟火连烧未央阙。

衣冠士子陷锋刃，良将名臣尽埋没。

山川改易失市朝，衢路纵横填白骨。

老人此时尚少年，脱身走得投海边。

罢兵岁余未敢出，去乡三载方来旋。

蓬蒿忘却五城宅，草木不识青溪田。

虽然得归到乡土，零丁贫贱长辛苦。

采樵屡入历阳山，刈稻常过新林浦。

少年欲知老人岁，岂知今年一百五。

君今少壮我已衰，我昔年少君不睹。

人生贵贱各有时，莫见羸老相轻欺。

感君相问为君说，说罢不觉令人悲。

卢姬篇

卢姬少小魏王家，绿鬓红唇桃李花。

魏王绮楼十二重，水晶帘箔绣芙蓉。

白玉栏杆金作柱，楼上朝朝学歌舞。

前堂后堂罗袖人，南窗北窗花发春。

翠幌珠帘斗丝管，一弹一奏云欲断。

君王日晚下朝归，鸣环佩玉生光辉。

人生今日得骄贵，谁道卢姬身细微。

邯郸宫人怨

邯郸陌上三月春，暮行逢见一妇人。

自言乡里本燕赵，少小随家西入秦。

母兄怜爱无俦侣，五岁名为阿娇女。

七岁丰茸好颜色，八岁點惠能言语。

十三兄弟教诗书，十五青楼学歌舞。

我家青楼临道旁，纱窗绮幔暗闻香。

日暮笙歌驻君马，春日妆梳妾断肠。

不用城南使君婿，本求三十侍中郎。

何知汉帝好容色，玉辇携归登建章。

建章宫殿不知数，万户千门深且长。

百堵涂椒接青琐，九华阁道连洞房。

水晶帘箔云母扇，琉利窗牖玳瑁床。

岁岁年年奉欢宴，娇贵荣华谁不羡。

恩情莫比陈皇后，宠爱全胜赵飞燕。

瑶房侍寝世莫知，金屋更衣人不见。

谁言一朝复一日，君王弃世市朝变。

宫车出葬茂陵田，贱妾独留长信殿。

一朝太子升至尊，宫中人事如掌翻。

同时侍女见谗毁，后来新人莫敢言。

兄弟印绶皆被夺，昔年赏赐不复存。

一旦放归旧乡里，乘车垂泪还入门。

父母怜我曾富贵，嫁与西舍金王孙。

念此翻覆复何道，百年盛衰谁能保？

忆昨尚如春日花，悲今已作秋时草。

少年去去莫停鞭，人生万事由上天。

非我今日独如此，古今歇薄皆共然。

晚入汴水

昨晚南行楚，今朝北溯河。

客愁能几日？乡路渐无多。

晴景摇津树，春风起棹歌。

长淮亦已尽，宁复畏潮波。

发锦沙村

北上途未半，南行岁已阑。

孤舟下建德，江水入新安。

海近山常雨，溪深地早寒。

行行泊不可，须及子陵滩。

题潼关楼

客行逢雨霁，歇马上津楼。

山势雄三辅，关门扼九州。

川从陕路去，河绕华阴流。

向晚登临处，风烟万里愁。

送单于裴都护赴西河

征马去翩翩，秋城月正圆。

单于莫近塞，都护欲回边。

汉驿通烟火，胡沙乏井泉。

功成须献捷，未必去经年。

赠梁州张都督

闻君为汉将，虏骑罢南侵。

出塞清沙漠，还家拜羽林。

风霜臣节苦，岁月主恩深。

为语西河使，知余报国心。

古意

十五嫁王昌，盈盈入画堂。

自矜年正少，复倚婿为郎。

舞爱前溪绿，歌怜子夜长。

闲来斗百草，度日不成妆。

岐王席观妓

二月春来半，宫中日渐长。

柳垂金屋暖，花发玉楼香。

拂匣先临镜，调笙更炙簧。

还将歌舞态，只拟奉君王。

长门怨

君王宠初歇，弃妾长门宫。

紫殿青苔满，高楼明月空。

夜愁生枕席，春意罢帘栊。

泣尽无人问，容华落镜中。

上巳

巳日帝城春，倾都袚禊晨。

停车须傍水，奏乐要惊尘。

弱柳障行骑，浮桥拥看人。

犹言日尚早，更向九龙津。

赠卢八象

客从巴水渡，传尔溯行舟。

是日风波霁，高堂雨半收。

青山满蜀道，绿水向荆州。

不作书相问，谁能慰别愁？

舟行入剡

鸣棹下东阳，回舟入剡乡。

青山行不尽，绿水去何长。

地气秋仍湿，江风晚渐凉。

山梅犹作雨，溪橘未知霜。

谢客文逾盛，林公未可忘。

多惭越中好，流恨阅时芳。

奉和许给事夜直简诸公

西掖黄枢近，东曹紫禁连。

地因才子拜，人用省郎迁。

夜直千门静，河明万象悬。

建章宵漏急，阊阖晓钟传。

宠列貂蝉位，恩深侍从年。

九重初起草，五夜即成篇。

顾已无官次，循涯但自怜。

远陪兰署作，空此仰神仙。

相逢行

妾年初二八，家住洛桥头。

玉户临驰道，朱门近御沟。

使君何假问，夫婿大长秋。

女弟新承宠，诸兄近拜侯。

春生百子殿，花发五城楼。

出入千门里，年年乐未休。

澄水如鉴

圣贤将立喻，上善贮情深。

洁白依全德，澄清有片心。

浇浮知不挠，滥浊固难侵。

方寸悬高鉴，生涯讵陆沉。

对泉能自诫，如镜静相临。

廉慎传家政，流芳合古今。

黄鹤楼

昔人已乘白云去，此地空余黄鹤楼。

黄鹤一去不复返，白云千载空悠悠。

晴川历历汉阳树，芳草萋萋鹦鹉洲。

日暮乡关何处是，烟波江上使人愁。

长干曲四首

君家何处住？妾住在横塘。

停船暂借问，或恐是同乡。

家临九江水，来去九江侧。

同是长干人，自小不相识。

下渚多风浪，莲舟渐觉稀。

那能不相待？独自逆潮归。

三江潮水急，五湖风浪涌。

由来花性轻，莫畏莲舟重。

维扬送友还苏州

长安南下几程途，得到邗沟吊绿芜。

渚畔鲈鱼舟上钓，羡君归老向东吴。

王湾诗集

王湾，洛阳人，登先天进士第。开元初，为荥阳主簿。马怀素请校正群籍，召学涉之士，分部撰次，湾在选。中秘书罢撰，又与陆绍伯等同校丽正院书，终洛阳尉。湾词翰早著，代表作《次北固山下》各《唐诗三百首》选本多有辑录，其中"海日生残夜，江春入旧年"之句，当时称最，张说手题于政事堂，每示能文，令为楷式。诗十首（见全唐诗上卷第一百一十五）。

次北固山下

客路青山外，行舟绿水前。

潮平两岸阔，风正一帆悬。

海日生残夜，江春入旧年。

乡书何处达？归雁洛阳边。

奉使登终南山

常爱南山游，因而尽原隰。

数朝至林岭，百仞登嵬岌。

石壮马径穷，苔色步缘入。

物奇春状改，气远天香集。

虚洞策杖鸣，低云拂衣湿。

倚岩见庐舍，入户欣拜揖。

问性矜勤劳，示心教澄习。

玉英时共饭，芝草为余拾。

境绝人不行，潭深鸟空立。

一乘从此授，九转兼是给。

辞处若轻飞，憩来唯吐吸。

闲襟超已胜，回路倏而及。

烟色松上深，水流山下急。

渐平逢车骑，向晚睇城邑。

峰在野趣繁，尘飘宦情涩。

辛苦久为吏，劳生何妄执。

日暮怀此山，悠然赋斯什。

丽正殿赐宴同勒天前烟年四韵应制

金殿忝陪贤，琼羞忽降天。

鼎罗仙掖里，觞拜琐闱前。

院逼青霄路，厨和紫禁烟。

酒酣空忭舞，何以答昌年。

奉和贺监林月清酌

华月当秋满，朝英假兴同。

净林新霁入，规院小凉通。

碎影行筵里，摇花落酒中。

消宵凝爽意，并此助文雄。

哭补阙亡友綦毋学士

明代资多士，儒林得异才。

书从金殿出，人向玉墀来。

词学张平子，风仪褚彦回。

崇仪希上德，近侍接元台。

曩契心期早，今游宴赏陪。

屡迁君擢桂，分尉我从梅。

忽遇乘辂客，云倾构厦材。

泣为洹水化，叹作泰山颓。

冀善初将慰，寻言半始猜。

位联情易感，交密痛难裁。

远日寒旌暗，长风古挽哀。

寰中无旧业，行处有新苔。

反哭魂犹寄，终丧子尚孩。

葬田门吏给，坟木路人栽。

遽泄悲成往，俄传宠令回。

玄经贻石室，朱绂耀泉台。

地古春长闭，天明夜不开。

登山一临哭，挥泪满蒿莱。

闰月七日织女

耿耿曙河微，神仙此夜稀。

今年七月闰，应得两回归。

孟浩然诗集

　　本名浩，字浩然，襄阳人。诗与王维齐名，号王孟。襄阳诗每无意求工而清超越俗，正复出人意表，清闲浅淡中，自有泉流石上，风来松下之音。有《孟浩然集》。

留别王维

寂寂竟何待？朝朝空自归。

欲寻芳草去，惜与故人违。

当路谁相假？知音世所稀。

只应守寂寞，还掩故园扉。

清明日宴梅道士房

林卧愁春尽，开轩览物华。

忽逢青鸟使，邀入赤松家。

丹灶初开火，仙桃正发花。

童颜若可驻，何惜醉流霞！

题义公禅房

义公习禅寂，结宇依空林。

户外一峰秀，阶前众壑深。

夕阳连雨足，空翠落庭阴。

看取莲花净，方知不染心。

临洞庭

八月湖水平，涵虚混太清。

气蒸云梦泽，波撼岳阳城。

欲济无舟楫，端居耻圣明。

坐观垂钓者，徒有羡鱼情。

宿建德江

移舟泊烟渚，日暮客愁新。

野旷天低树，江清月近人。

春晓

春眠不觉晓，处处闻啼鸟。

夜来风雨声，花落知多少。

夏日南亭怀辛大

山光忽西落，池月渐东上。

散发乘夕凉，开轩卧闲敞。

荷风送香气，竹露滴清响。

欲取鸣琴弹，恨无知音赏。

感此怀故人，中宵劳梦想。

秋登兰山寄张五

北山白云里，隐者自怡悦。

相望始登高，心随雁飞灭。

愁因薄暮起，兴是清秋发。

时见归村人，沙行渡头歇。

天边树若荠，江畔洲如月。

何当载酒来，共醉重阳节。

宿业师山房待丁大不至

夕阳度西岭，群壑倏已暝。

松月生夜凉，风泉满清听。

樵人归欲尽，烟鸟栖初定。

之子期宿来，孤琴候萝径。

夜归鹿门山歌

山寺钟鸣昼已昏，渔梁渡头争渡喧。

人随沙路向江村，余亦乘舟归鹿门。

鹿门月照开烟树，忽到庞公栖隐处。

岩扉松径长寂寥，惟有幽人自来去。

与诸子登岘山

人事有代谢，往来成古今。

江山留胜迹，我辈复登临。

水落鱼梁浅，天寒梦泽深。

羊公碑字在，读罢泪沾襟。

早寒江上有怀

木落雁南渡，北风江上寒。

我家襄水曲，遥隔楚云端。

乡泪客中尽，孤帆天际看。

迷津欲有问，平海夕漫漫。

岁暮归南山

北阙休上书，南山归敝庐。

不才明主弃，多病故人疏。

白发催年老，青阳逼岁除。

永怀愁不寐，松月夜窗墟。

过故人庄

故人具鸡黍，邀我至田家。

绿树村边合，青山郭外斜。

开轩面场圃，把酒话桑麻。

待到重阳日，还来就菊花。

秦中感秋寄远上人

一丘尝欲卧，三径苦无资。

北土非吾愿，东林怀我师。

黄金燃桂尽，壮志逐年衰。

日夕凉风至，闻蝉但益悲。

宿桐庐江寄广陵旧游

山暝听猿愁，沧江急夜流。

风鸣两岸叶,月照一孤舟。

建德非吾土,维扬忆旧游。

还将两行泪,遥寄海西头。

访袁拾遗不遇

洛阳访才子,江岭作流人。

闻说梅花早,何如此地春。

王之涣诗集

王之涣,并州人,其兄之咸、之贲皆有文名。天宝间,与王昌龄、崔国辅联唱迭和,名动一时。其诗用词十分朴实,然造境极为深远,令人裏身诗中,回味无穷。诗六首,其中《登鹳雀楼》、《凉州词二首》(其一)和《送别》三首皆著名,又尤以前两首最脍炙人口,可谓"髫发垂髫,皆能吟诵";诗中的"欲穷千里目,更上一层楼"和"黄河远上白云间,一片孤城万仞山"都是流传千古的佳句,也正是这两首诗给诗人赢得了百世流芳的显著地位。

登鹳雀楼

白日依山尽，黄河入海流。
欲穷千里目，更上一层楼。

送别

杨柳东风树，青青夹御河。
近来攀折苦，应为别离多。

凉州词二首

黄河远上白云间，一片孤城万仞山。
羌笛何须怨杨柳，春风不度玉门关。
单于北望拂云堆，杀马登坛祭几回。
汉家天子今神武，不肯和亲归去来。

宴词

长堤春水绿悠悠，畎入漳河一道流。
莫听声声催去棹，桃溪浅处不胜舟。

九日送别

蓟庭萧瑟故人稀，何处登高且送归。
今日暂同芳菊酒，明朝应作断蓬飞。

贺知章诗集

  贺知章，字率真，会稽永兴人。少以文词知名。擢进士，累迁太常博士。开元中，张说为丽正殿修书使，奏请知章入书院，同撰六典及文家。后接大常少卿，迁礼部侍部，加集贤院学立，改授工部侍郎。俄迁秘书监。知章性放旷，晚尤纵诞，自号四明狂客。醉后属词，动成卷轴。更善草隶，人共传宝。天宝初，请为道士还乡里，诏赐镜湖剡川一曲，御制诗以赠行，皇太子已下咸就执别。年八十六卒。肃宗赠礼部尚书。诗一卷。

题袁氏别业一作偶游主人园

主人不相识，偶坐为林泉。
莫谩愁沽酒，囊中自有钱。

咏柳一作柳枝词

碧玉妆成一树高，万条垂下绿丝绦。
不知细叶谁裁出，二月春风似剪刀。

采莲曲

稽山罢雾郁磋峨，镜水无风也自波。
莫言春度芳菲尽，别有中流采麦荷。

答朝士

镇镂银盘盛蛤蜊，镜湖莼菜乱如丝。

乡曲近来佳此味，这渠不道是吴儿。

回乡偶书二首

少小离乡老大回，乡音难改鬓毛衰。

儿童相见不相识，笑问客从何处来。

离别家乡岁月多，近来人事半销磨。

唯有门前镜湖水，春风不改旧时波。

晓发

江皋闻曙钟，轻校理还供。

海潮在约约，川露晨溶溶。

始见沙上马，犹理云外峰。

故乡古无际，明发怀朋从。

送人之军

常经绝脉塞，复见断肠流。

送子成分别，令人起昔愁。

陇云晴半雨，边草更先秋。

万里长城寄，无贻汉国忧。

奉和圣制送张说上集贤学土赐宴赋得谟字

面学会玄览，东堂发圣谟。

天光烛武巴，时宰集鸿都。

枯朽沾皇泽，援飞舞帝梧。

迹同游汗漫，荣是出泥涂。

三叹承场点，千欢接舜壶。

微躯不可答，空欲咏依蒲。

顺和

至能含柔德，万物资以生。

常顺称厚载，流谦通变盈。

圣心事能实，增广陈厥诚。

黄抵授如在，泰折俟威亭。

望人家桃李花

山源夜雨度仙家，朝发东园桃李花。

桃花红兮李花白，照灼城隅复南陌。

南陌青楼十二重，春风桃李为谁容。

弃置千金轻不顾，踟蹰五马谢相逢。

徒言南国容华晚，遂叹西家叹落远。

的陈长奉明光控，氯工半人被香苑。

苑中珍木元自奇，黄金作叶白银枝。

千年万岁不调落，还将桃李更相宜。

桃李从来田井傍，成通结影矜艳阳。

莫道春花木可村，会持仙实荐君王。

泰和圣制送张说巡边

荒憬尽怀忠，梯航已自通。

九攻虽不战，五月尚待戎。

造成征周牒，恢边重汉功。

选车命无宰，授律取文华。

胄出天弧上，谋成帝幄中。

诏族分夏物，专土锡唐弓。

帐宿伊川右，征传晋苑东。

喜人藉责实，乐正理丝桐。

歧陌涵徐雨，离川照晚虹。

恭闻咏方叔，千载舞皇风。

雍和

夙夜着密，不敢宁宴。

五齐既陈，八音在县。

集盛以采，房组斯荐。

推德推馨，尚兹克通。

泰和

恨以明发，有怀载殷。

乐盈而反，利顺其湮。

立清以献，荐欲是亲。

放穆不已，袁对斯臻。

福和

穆穆天子，告成岱宗。

大裘如洗，执天有禹。

乐以平志，礼以和容。

上帝临我，云胡肃当。

太和

昭昭有唐，天件方国。

列祖应命，四宗顺则。

申锡无疆，宗我同德。

曾孙继绪，事神配极。

表和

黄抵是低，我其夙夜。

爱畏诚絮，匪遑宁舍。

礼以球玉，荐厥茅籍。

念兹降康，胡宁克暇。

大和

肃我成命，于昭黄批。

袭冕而把，团降在斯。

五吉克各，八变季施。

辑熙肆靖，厥心匪离。

元稹诗集

元稹，字微之，河南河内人。幼孤，母郑贤而文，亲授书传。举明经书判入等，补校书郎。元和初，应制策第一。除左拾遗，历监察御史。坐事贬江陵士曹参军，徙通州司马。自虢州长史征为膳部员外郎，拜祠部郎中、知制诰。召入翰林为中书舍人、承旨学士，进工部侍郎同平章事。未几罢相，出为同州刺史。改越州刺史、兼御史大夫、浙东观察使。太和初，入为尚书左丞、检校户部尚书，兼鄂州刺史、武昌军节度使。年五十三卒，赠尚书右仆射。稹自少与白居易倡和，当时言诗者称"元白"，号为"元和体"。其诗辞浅意哀，仿佛孤凤悲吟，极为扣人心扉，动人肺腑。代表作有《菊花》、《离思五首》（其四）、《遣悲怀三首》、《兔丝》、《和裴校书鹭鸶飞》、《夜池》、《感逝（浙东）》、《晚春》、《靖安穷居》、《送致用》、《宿石矶》、《夜坐》、《雪天》、《酬乐天得微之诗知通州事因成四首》、《织妇词》、《夜别筵》、《山枇杷》、《所思二首》、《斑竹（得之湘流）》、《竹部（石首县界）》、《白衣裳二首》、《鱼中素》、《酬许五康佐（次用本韵）》等，其中《菊花》、《离思五首》（其四）和《遣悲怀三首》（其二）三首流传很广，尤其是《离思五首》（其四）这一首极负盛名。该诗写久藏心底的不尽情思，因为与情人的曾经相识而自此对其他的女人再也不屑一顾（"取次花丛懒回顾"），诗中的比兴之句"曾经沧海难为水，除却巫山不是云"语言幻美，意境朦胧，十分脍炙人口。而《遣悲怀三首》表达对亡妻的不尽思念，写得悲气袭人，令人不由得一掬同情之泪，其中第二首的结句"贫贱夫妻百事哀"为世所熟诵。微之其集与居易同名长庆，今编诗二十八卷（全唐诗中卷第三百九十六至四百二十三）。

菊花

秋丛绕舍似陶家，遍绕篱边日渐斜。
不是花中偏爱菊，此花开尽更无花。

遣悲怀三首

谢公最小偏怜女，嫁与黔娄百事乖。
顾我无衣搜画箧，泥他沽酒拔金钗。
野蔬充膳甘长藿，落叶添薪仰古槐。
今日俸钱过十万，与君营奠复营斋。
昔日戏言身后意，今朝皆到眼前来。
衣裳已施行看尽，针线犹存未忍开。
尚想旧情怜婢仆，也曾因梦送钱财。

诚知此恨人人有，贫贱夫妻百事哀。

闲坐悲君亦自悲，百年都是几多时。

邓攸无子寻知命，潘岳悼亡犹费词。

同穴窅冥何所望，他生缘会更难期。

唯将终夜长开眼，报答平生未展眉。

春鸠

春鸠与百舌，音响讵同年。

如何一时语，俱得春风怜。

犹知化工意，当春不生蝉。

免教争叫噪，沸渭桃花前。

兔丝

人生莫依倚，依倚事不成。

君看兔丝蔓，依倚榛与荆。

荆榛易蒙密，百鸟撩乱鸣。

下有狐兔穴，奔走亦纵横。

樵童斫将去，柔蔓与之并。

翳荟生可耻，束缚死无名。

桂树月中出，珊瑚石上生。

俊鹘度海食，应龙升天行。

灵物本特达，不复相缠萦。

缠萦竟何者，荆棘与飞茎。

分流水

古时愁别泪，滴作分流水。

日夜东西流，分流几千里。

通塞两不见，波澜各自起。

与君相背飞，去去心如此。

西还

悠悠洛阳梦，郁郁灞陵树。

落日正西归，逢君又东去。

红芍药

芍药绽红绡，巴篱织青琐。

繁丝蹙金蕊，高焰当炉火。

翦刻彤云片，开张赤霞裹。

烟轻琉璃叶，风亚珊瑚朵。

受露色低迷，向人娇婀娜。

酡颜醉后泣，小女妆成坐。

艳艳锦不如，夭夭桃未可。

晴霞畏欲散，晚日愁将堕。

结植本为谁，赏心期在我。

采之谅多思，幽赠何由果。

别孙村老人

年年渐觉老人稀，欲别孙翁泪满衣。

未死不知何处去，此身终向此原归。

和乐天刘家花

闲坊静曲同消日，泪草伤花不为春。

遍问旧交零落尽，十人才有两三人。

襄城驿二首

容州诗句在襄城，几度经过眼暂明。

今日重看满衫泪，可怜名字已前生。

忆昔万株梨映竹，遇逢黄令醉残春。

梨枯竹尽黄令死，今日再来衰病身。

和裴校书鹭鸶飞

鹭鸶鹭鸶何遽飞，鸦惊雀噪难久依。

清江见底草堂在，一点白光终不归。

妻满月日相唁

十月辛勤一月悲，今朝相见泪淋漓。

狂风落尽莫惆怅，犹胜因花压折枝。

梦成之

烛暗船风独梦惊，梦君频问向南行。

觉来不语到明坐，一夜洞庭湖水声。

哭小女降真

雨点轻沤风复惊，偶来何事去何情。

浮生未到无生地，暂到人间又一生。

合衣寝

良夕背灯坐，方成合衣寝。

酒醉夜未阑，几回颠倒枕。

夜闲

感极都无梦，魂销转易惊。

风帘半钩落，秋月满床明。

怅望临阶坐，沉吟绕树行。

孤琴在幽匣，时迸断弦声。

病减逢春，期白二十二、辛大不至十韵

病与穷阴退，春从血气生。

寒肤渐舒展，阳脉乍虚盈。

就日临阶坐，扶床履地行。

问人知面瘦，祝鸟愿身轻。

风暖牵诗兴，时新变卖声。

饥馋看药忌，闲闷点书名。

旧雪依深竹，微和动早萌。

推迁悲往事，疏数辨交情。

琴待嵇中散，杯思阮步兵。

世间除却病，何者不营营。

岁日

一日今年始，一年前事空。
凄凉百年事，应与一年同。

新竹

新篁才解箨，寒色已青葱。
冉冉偏凝粉，萧萧渐引风。
扶疏多透日，寥落未成丛。
惟有团团节，坚贞大小同。

象人

被色空成象，观空色异真。
自悲人是假，那复假为人。

晚秋

竹露滴寒声，离人晓思惊。

酒醒秋簟冷，风急夏衣轻。

寝倦解幽梦，虑闲添远情。

谁怜独欹枕，斜月透窗明。

嘉陵水

尔是无心水，东流有恨无。

我心无说处，也共尔何殊。

夏阳亭临望，寄河阳侍御尧

望远音书绝，临川意绪长。

殷勤眼前水，千里到河阳。

日高睡

隔是身如梦，频来不为名。
怜君近南住，时得到山行。

雪天

故乡千里梦，往事万重悲。
小雪沉阴夜，闲窗老病时。
独闻归去雁，偏咏别来诗。
惭愧红妆女，频惊两鬓丝。

与吴侍御春游

苍龙阙下陪骢马，紫阁峰头见白云。
满眼流光随日度，今朝花落更纷纷。

晚春

昼静帘疏燕语频，双双斗雀动阶尘。

柴扉日暮随风掩，落尽闲花不见人。

古寺

古寺春馀日半斜，竹风萧爽胜人家。

花时不到有花院，意在寻僧不在花。

观心处

满坐喧喧笑语频，独怜方丈了无尘。

灯前便是观心处，要似观心有几人。

使东川·江花落

日暮嘉陵江水东，梨花万片逐江风。

江花何处最肠断，半落江流半在空。

靖安穷居

喧静不由居远近，大都车马就权门。

野人住处无名利，草满空阶树满园。

醉别卢头陀

醉迷狂象别吾师，梦觉观空始自悲。

尽日笙歌人散后，满江风雨独醒时。

心超几地行无处，云到何天住有期。

顿见佛光身上出，已蒙衣内缀摩尼。

折枝花赠行

樱桃花下送君时，一寸春心逐折枝。

别后相思最多处，千株万片绕林垂。

长滩梦李绅

孤吟独寝意千般，合眼逢君一夜欢。
惭愧梦魂无远近，不辞风雨到长滩。

春词

山翠湖光似欲流，蜂声鸟思却堪愁。
西施颜色今何在，但看春风百草头。

夜坐

雨滞更愁南瘴毒，月明兼喜北风凉。
古城楼影横空馆，湿地虫声绕暗廊。
萤火乱飞秋已近，星辰早没夜初长。
孩提万里何时见，狼藉家书满卧床。

寄乐天

无身尚拟魂相就，身在那无梦往还。

直到他生亦相觅，不能空记树中环。

寄乐天二首

荣辱升沉影与身，世情谁是旧雷陈。

唯应鲍叔犹怜我，自保曾参不杀人。

山入白楼沙苑暮，潮生沧海野塘春。

老逢佳景唯惆怅，两地各伤何限神。

论才赋命不相干，凤有文章雉有冠。

羸骨欲销犹被刻，疮痕未没又遭弹。

剑头已折藏须盖，丁字虽刚屈莫难。

休学州前罗刹石，一生身敌海波澜。

酬乐天三月三日见寄

当年此日花前醉，今日花前病里销。

独倚破帘闲怅望，可怜虚度好春朝。

酬乐天寄生衣

秋茅处处流疫疟，夜鸟声声哭瘴云。
赢骨不胜纤细物，欲将文服却还君。

夜别筵

夜长酒阑灯花长，灯花落地复落床。
似我别泪三四行，滴君满坐之衣裳。
与君别后泪痕在，年年著衣心莫改。

南家桃

南家桃树深红色，日照露光看不得。
树小花狂风易吹，一夜风吹满墙北。
离人自有经时别，眼前落花心叹息。
更待明年花满枝，一年迢递空相忆。

莺莺诗

殷红浅碧旧衣裳，取次梳头暗淡妆。

夜合带烟笼晓日，牡丹经雨泣残阳。

低迷隐笑原非笑，散漫清香不似香。

频动横波嗔阿母，等闲教见小儿郎。

筝

莫愁私地爱王昌，夜夜筝声怨隔墙。

火凤有凰求不得，春莺无伴啭空长。

急挥舞破催飞燕，慢逐歌词弄小娘。

死恨相如新索妇，枉将心力为他狂。

遣病十首

服药备江瘴，四年方一疠。

岂是药无功，伊予久留滞。

滞留人固薄，瘴久药难制。

去日良已甘，归途奈无际。

弃置何所任，郑公怜我病。

三十九万钱，资予养顽瞑。

身贱杀何益，恩深报难馨。

公其万千年，世有天之郑。

忆作孩稚初，健羡成人列。

倦学厌日长，嬉游念佳节。

今来渐讳年，顿与前心别。

白日速如飞，佳晨亦骚屑。

昔在痛饮场，憎人病辞醉。

病来身怕酒，始悟他人意。

怕酒岂不闲，悲无少年气。

传语少年儿，杯盘莫回避。

忆初头始白，昼夜惊一缕。

渐及鬓与须，多来不能数。

壮年等闲过，过壮年已五。

华发不再青，劳生竟何补。

在家非不病，有病心亦安。

起居甥侄扶，药饵兄嫂看。

今病兄远路，道遥书信难。

寄言娇小弟，莫作官家官。

燕巢官舍内，我尔俱为客。

岁晚我独留，秋深尔安适。

风高翅羽垂，路远烟波隔。

去去玉山岑，人间网罗窄。

檐宇夜来旷，暗知秋已生。

卧悲衾簟冷，病觉支体轻。

炎昏岂不倦，时去聊自惊。

浩叹终一夕，空堂天欲明。

秋依静处多，况乃凌晨趣。

深竹蝉昼风，翠茸衫晓露。

庭莎病看长，林果闲知数。

何以强健时，公门日劳骛。

朝结故乡念，暮作空堂寝。

梦别泪亦流，啼痕暗横枕。

昔愁凭酒遣，今病安能饮。

落尽秋槿花，离人病犹甚。

压墙花

野性大都迷里巷，爱将高树记人家。

春来偏认平阳宅，为见墙头拂面花。

舞腰

裙裾旋旋手迢迢，不趁音声自趁娇。

未必诸郎知曲误，一时偷眼为回腰。

桃花

桃花浅深处，似匀深浅妆。

春风助肠断，吹落白衣裳。

鱼中素

重叠鱼中素，幽缄手自开。

斜红馀泪迹，知著脸边来。

新秋

旦暮已凄凉，离人远思忙。

夏衣临晓薄，秋影入檐长。

前事风随扇，归心燕在梁。

殷勤寄牛女，河汉正相望。

春别

幽芳本未阑，君去蕙花残。

河汉秋期远，关山世路难。

云屏留粉絮，风幌引香兰。

肠断回文锦，春深独自看。

恨妆成

晓日穿隙明，开帷理妆点。

傅粉贵重重，施朱怜冉冉。

柔鬟背额垂，丛鬓随钗敛。

凝翠晕蛾眉，轻红拂花脸。

满头行小梳，当面施圆靥。

最恨落花时，妆成独披掩。

赠刘采春

新妆巧样画双蛾，谩里常州透额罗。

正面偷匀光滑笏，缓行轻踏破纹波。

言辞雅措风流足，举止低回秀媚多。

更有恼人肠断处，选词能唱望夫歌。

寄赠薛涛

锦江滑腻蛾眉秀，幻出文君与薛涛。

言语巧偷鹦鹉舌，文章分得凤凰毛。

纷纷辞客多停笔，个个公卿欲梦刀。

别后相思隔烟水，菖蒲花发五云高。

赠柔之

穷冬到乡国，正岁别京华。

自恨风尘眼，常看远地花。

碧幢还照曜，红粉莫咨嗟。

嫁得浮云婿，相随即是家。

逢白公

远路事无限，相逢唯一言。
月色照荣辱，长安千万门。

过东都别乐天二首

君应怪我留连久，我欲与君辞别难。
白头徒侣渐稀少，明日恐君无此欢。
自识君来三度别，这回白尽老髭须。
恋君不去君须会，知得后回相见无。

春游

酒户年年减，山行渐渐难。
欲终心懒慢，转恐兴阑散。

镜水波犹冷，稽峰雪尚残。

不能辜物色，乍可怯春寒。

远目伤千里，新年思万端。

无人知此意，闲凭小栏干。

崔护诗集

崔护，字殷功，博陵人。贞元十二年登第。终岭南节度使。其诗诗风精练婉丽，语极清新。诗六首，皆是佳作，尤以《题都城南庄》流传最广，脍炙人口，有目共赏。该诗以"人面桃花，物是人非"这样一个看似简单的人生经历道出了千万人都似曾有过的共同生活体验，为诗人赢得了不朽的诗名。《五月水边柳》一诗写柳，运用了比喻、拟人等多种修辞手法，从各个角度描摹垂柳的万千风情，写得尽态极妍，惟妙惟肖。各诗作中的"似醉烟景凝，如愁月露泫。

丝长鱼误恐，枝弱禽惊践"、"物象纤无隐，禽情只自迷"、"湖光迷翡翠，草色醉蜻蜓。

鸟弄桐花日，鱼翻谷雨萍"等都是极难得的对句，充分显示了殷功炉火纯青、完美无缺的艺术造诣。

题都城南庄

去年今日此门中，人面桃花相映红。

人面不知何处去，桃花依旧笑春风。

山鸡舞石镜

庐峰开石镜，人说舞山鸡。

物象纤无隐，禽情只自迷。

景当烟雾歇，心喜锦翎齐。

宛转乌呈彩，婆娑凤欲栖。

何言资羽族，在地得天倪。

应笑翰音者，终朝饮败醯。

郡斋三月下旬作

春事日已歇，池塘旷幽寻。

残红披独坠，嫩绿间浅深。

偃仰卷芳褥，顾步爱新阴。

谋春未及竟，夏初遽见侵。

晚鸡

黯黯严城罢鼓鼙，数声相续出寒栖。

不嫌惊破纱窗梦，却恐为妖半夜啼。

刘方平诗集

刘方平（生卒年不详），今河南洛阳人，邢襄公政会之后．天宝时名士，却不乐仕进，寄情山水、书画，诗亦有名，擅长绝句。诗风清新自然，常能以看似淡淡的几笔铺陈勾勒出情深意切的场景，手法甚是高妙。代表作有《采莲曲》、《望夫石》、《京兆眉》、《夜月》、《寄严八判官》、《代宛转歌二首》、《乌栖曲二首》、《春怨》、《梅花落》、《秋夜泛舟》等，其中以《采莲曲》、《夜月》和《春怨》为最著名。《采莲曲》写一窈窕女子（"楚腰"代指"细腰苗条"之意，因古有"楚王好细腰"的典故）唱着荆歌，在"落日晴江里"采莲，问她何以如此熟练，答是"采莲从小惯，十五即乘潮"（原来是十五岁开始就乘潮采莲了），写得十分形象生动，清新活泼。《望夫石》吟咏"佳人（望夫）成古石"的感人故事，写那石头上"犹有春山杏，枝枝似薄妆"（石上生长的春日红杏象是佳人施于面上的淡红"薄妆"），构思极为精巧，富有意趣。诗一卷（全唐诗上卷第二百五十一）。

采莲曲

落日晴江里，荆歌艳楚腰。

采莲从小惯，十五即乘潮。

望夫石

佳人成古石，藓驳覆花黄。

犹有春山杏，枝枝似薄妆。

京兆眉

新作蛾眉样，谁将月里同？

有来凡几日，相效满城中。

夜月

更深月色半人家，北斗阑干南斗斜。
今夜偏知春气暖，虫声新透绿窗纱。

寄严八判官

洛阳新月动秋砧，瀚海沙场天半阴。
出塞能全仲叔策，安亲更切老莱心。
汉家宫里风云晓，羌笛声中雨雪深。
怀袖未传三岁字，相思空作陇头吟。

代宛转歌二首

星参差，明月二八灯五枝。
黄鹤瑶琴将别去，芙蓉羽帐惜空垂。
歌宛转，宛转恨无穷。
愿为潮与浪，俱起碧流中。

晓将近，黄姑织女银河尽。

九华锦衾无复情，千金宝镜谁能引。

歌宛转，宛转伤别离。

愿作杨与柳，同向玉窗垂。

乌栖曲二首

蛾眉曼脸倾城国，鸣环动佩新相识。

银汉斜临白玉堂，芙蓉行障掩灯光。

画舸双艒锦为缆，芙蓉花发莲叶暗。

门前月色映横塘，感郎中夜度潇湘。

春怨

纱窗日落渐黄昏，金屋无人见泪痕。

寂寞空庭春欲晚，梨花满地不开门。

梅花落

新岁芳梅树，繁花四面同。

春风吹渐落，一夜几枝空。

少妇今如此，长城恨不穷。

莫将辽海雪，来比后庭中。

秋夜泛舟

林塘夜发舟，虫响荻飕飕。

万影皆因月，千声各为秋。

岁华空复晚，乡思不堪愁。

西北浮云外，伊川何处流。

巫山高

楚国巫山秀，清猿日夜啼。

万重春树合，十二碧峰齐。

峡出朝云下，江来暮雨西。

阳台归路直，不畏向家迷。

巫山神女

神女藏难识，巫山秀莫群。

今宵为大雨，昨日作孤云。

散漫愁巴峡，徘徊恋楚君。

先王为立庙，春树几氛氲。

秋夜思

旅梦何时尽，征途望每赊。

晚秋淮上水，新月楚人家。

猿啸空山近，鸿飞极浦斜。

明朝南岸去，言折桂枝花。

折杨枝

官渡初杨柳，风来亦动摇。

武昌行路好，应为最长条。

叶映黄鹂夕，花繁白雪朝。

年年攀折意，流恨入纤腰。

新春

南陌春风早，东邻曙色斜。

一花开楚国，双燕入卢家。

眠罢梳云髻，妆成上锦车。

谁知如昔日，更浣越溪纱。

秋夜寄皇甫冉郑丰

洛阳清夜白云归，城里长河列宿稀。

秋后见飞千里雁，月中闻捣万家衣。

长怜西雍青门道，久别东吴黄鹄矶。

借问客书何所寄，用心不啻两乡违。

寄陇右严判官

副相西征重，苍生属望晨。

还同周薄伐，不取汉和亲。

虏阵摧枯易，王师决胜频。

高旗临鼓角，太白静风尘。

赤狄争归化，青羌已请臣。

遥传阃外美，盛选幕中宾。

玉剑光初发，冰壶色自真。

忠贞期报主，章服岂荣身。

边草含风绿，征鸿过月新。

胡笳长出塞，陇水半归秦。

绝漠多来往，连年厌苦辛。

路经西汉雪，家掷后园春。

谁念烟云里，深居汝颍滨。

一丛黄菊地，九日白衣人。

松叶疏开岭，桃花密映津。

缣书若有寄，为访许由邻。

拟娼楼节怨

上苑离离莺度，昆明幂幂蒲生。

时光春华可惜，何须对镜含情。

1082

长信宫

梦里君王近，宫中河汉高。

秋风能再热，团扇不辞劳。

春雪

飞雪带春风，裴回乱绕空。

君看似花处，偏在洛阳东。

送别

华亭霁色满今朝，云里樯竿去转遥。

莫怪山前深复浅，清淮一日两回潮。

代春怨

朝日残莺伴妾啼，开帘只见草萋萋。

庭前时有东风入，杨柳千条尽向西。

于良史诗集

于良史，徐州张建封从事。其五言诗词语清丽超逸，讲究对仗，十分工整。诗多写景，同时寄寓思乡和隐逸之情。诗七首，都是佳作，尤以《春山夜月》、《宿蓝田山口奉寄沈员外》两首为最善。《春山夜月》中"掬水月在手，弄花香满衣"是很有名的佳句。

春山夜月

春山多胜事，赏玩夜忘归。
掬水月在手，弄花香满衣。
兴来无远近，欲去惜芳菲。
南望鸣钟处，楼台深翠微。

宿蓝田山口奉寄沈员外

山暝飞群鸟，川长泛四邻。

烟归河畔草，月照渡头人。

朋友怀东道，乡关恋北辰。

去留无所适，岐路独迷津。

冬日野望寄李赞府

地际朝阳满，天边宿雾收。

风兼残雪起，河带断冰流。

北阙驰心极，南图尚旅游。

登临思不已，何处得销愁。

闲居寄薛华

隐几读黄老，闲居耳目清。

僻居人事少，多病道心生。

雨洗山林湿，鸦鸣池馆晴。

晚来因废卷，行药至西城。

江上送友人

看尔动行棹，未收离别筵。

千帆忽见及，乱却故人船。

纷泊雁群起，逶迤沙溆连。

长亭十里外，应是少人烟。

自吟

出身三十年，发白衣犹碧。

日暮倚朱门，从朱污袍赤。

聂夷中诗集

聂夷中，字坦之，河东人。咸通十二年登第，官华阴尉。其诗语言朴实，辞浅意哀。不少诗作对封建统治阶级对人民的残酷剥削进行了深刻揭露，对广大田家农户的疾苦则寄予极为深切的同情。代表作有《咏田家》、《田家二首》、《短歌》、《早发邺北经古城》、《杂怨》等，其中以《咏田家》和《田家二首》（其一）流传最广（《田家二首》（其二）后人多认定为李绅的作品，故不提）。《咏田家》写农家不停地劳作种收，但只不过是以"剜却心头肉"的代价来"医得眼前疮"，虽勤勉不息，但终究是为他人（官家）作嫁衣裳，自己仍过着朝虑夕食的生活。所以诗人大声疾呼："我愿君王心，化作光明烛。不照绮罗筵，只照逃亡屋"，读来真令人不禁心弦叩响，产生发自灵府深处的极强共鸣。诗一卷。

咏田家

二月卖新丝，五月粜新谷。

医得眼前疮，剜却心头肉。

我愿君王心，化作光明烛。

不照绮罗筵，只照逃亡屋。

短歌

八月木阴薄，十叶三堕枝。

人生过五十，亦已同此时。

朝出东郭门，嘉树郁参差。

暮出西郭门，原草已离披。

南邻好台榭，北邻善歌吹。

荣华忽销歇，四顾令人悲。

生死与荣辱，四者乃常期。

古人耻其名，没世无人知。

无言鬓似霜，勿谓事如丝。

耆年无一善，何殊食乳儿。

早发邺北经古城

微月东南明，双牛耕古城。

但耕古城地，不知古城名。

当昔置此城，岂料今日耕。

蔓草已离披，狐兔何纵横。

秋云零落散，秋风萧条生。

对古良可叹，念今转伤情。

古人已冥冥，今人又营营。

不知马蹄下，谁家旧台亭。

杂怨

良人昨日去，明月又不圆。

别时各有泪，零落青楼前。

杂兴

两叶能蔽目，双豆能塞聪。

理身不知道，将为天地聋。

扰扰造化内，茫茫天地中。

苟或有所愿，毛发亦不容。

杂怨

生在绮罗下，岂识渔阳道。

良人自戍来，夜夜梦中到。

渔阳万里远，近于中门限。

中门逾有时，渔阳常在眼。

君泪濡罗巾，妾泪滴路尘。

罗巾今在手，日得随妾身。

路尘如因风，得上君车轮。

行路难

莫言行路难，夷狄如中国。

谓言骨肉亲，中门如异域。

出处全在人，路亦无通塞。

门前两条辙，何处去不得。

大垂手

金刀剪轻云，盘用黄金缕。

装束赵飞燕，教来掌上舞。

舞罢飞燕死，片片随风去。

空城雀

一雀入官仓，所食能损几。

所虑往复频，官仓乃害尔。

鱼网不在天，鸟网不在水。

饮啄要自然，何必空城里。